Walter M. Dobrow

Historisches Strandgut

13 kurze spannende Geschichts-Geschichten

aus der Lübecker Bucht

FSC
www.fsc.org
MIX
Papier aus ver-
antwortungsvollen
Quellen
Paper from
responsible sources
FSC® C105338

Bibliografische Information der Deutschen Nationabibliothek:

Die deutsche Nationalbibliothek verzeichnet diese Publikation in der Deutschen Nationalbibliografie; Detaillierte bibliografische Daten sind im Internet über http://dnb.dnb.de abrufbar.

Herstellung und Verlag BOD – Books on Demand Norderstedt

ISBN: 9783746025407

Historisches Strandgut

JUNGSTEINZEIT

Morgenröte der Menschheit...

Wir schreiben etwa das Jahr 4000 vor Christus. Etwa, denn so genau kommt es darauf nicht an.

Die Fortschritte der Menschen auf dem nach der Eiszeit dünn besiedelten Kontinent Europa gehen langsam vor sich.

Wir begleiten Tark, einen Jäger, der aus seinem angestammten Siedlungsgebiet fliehen muss und schließlich etwas Besonderes findet.

Eine Bucht von großer Schönheit. Ein Platz zum Leben...

Von damals, bis heute und darüber hinaus.

Tark

Plötzlich wich der Boden vor ihm zurück. Zu spät zum Abbremsen. Tark schrie auf und stützte Hals über Kopf den Abhang hinab. Das Unterholz knackte unter dem Gewicht seines sich überschlagenden Körpers. Ein herausragender Ast rammte sich in seinen Bauch und fetzte ihm sein Wolfsfell, mit dem er bekleidet gewesen war, vom Leib. Nackt, aus der Wunde am Bauch blutend und am ganzen Körper verschrammt, blieb er am Fuß des Abhangs liegen. Schwer atmend versuchte er sich aufzurichten. Dieser Schmerz... Er sackte erneut zusammen. Wenn er doch schlafen dürfte, nur ein paar Minuten. Aber ihm blieben keine paar Minuten. Da waren sie. Er hörte ihre geknurrten, bösen Laute von oben. Sie berieten, dann knackten Äste. Sie waren ihm auf den Fersen. Schon wieder und immer noch. Hätte er doch nur...

Tark bereute sehr, was geschehen war, aber nun war keine Zeit zu verlieren. Er stemmte sich mit aller Kraft, die ihm geblieben war von Boden hoch und versuchte sich zu orientieren. Erschrocken stellte er fest, dass er nur einige Meter vom Ufer eines großen Flusses entfernt war, dessen nicht unerhebliche Strömung an den Uferpflanzen gurgelte. Gehetzt sah Tark sich nach einem Ausweg um. Immer näher kamen die Laute seiner Verfolger. Die Stelle, an der er den Abhang hinab gefallen war, hätte nicht ungünstiger für ihn sein können. Nach links und rechts schob sich der steile Erdwall bis an das Wasser heran. Unmöglich, dass er ihn erklettern konnte... in seinem Zustand. Tark zitterte. Die Kälte fuhr ihm bereits in den Körper, jetzt, wo er auch noch sein letztes Kleidungsstück eingebüßt hatte. Tark war abgemagert und nicht viel mehr als ein wandelndes Skelett. Der lange harte Winter hatte viele aus seiner Sippe sterben lassen. Verhungert oder von Krankheiten dahingerafft. Nun, wo die Tage langsam länger wurden und die Hoffnung zurück kehrte, hatten sie ihn erwischt... Doch noch erwischt nach der langen Flucht. Nur noch Minuten, dann hatten sie ihn...

Tark hatte mit seinen Geschwistern, zwölf oder dreizehn - aber das waren Begriffe, die er nicht kannte und seiner Mutter, sowie drei weiteren Großfamilien in einer Erdhöhle an den nördlichen Ausläufern des Harzes gehaust. Die Männer - welcher davon nun genau sein Vater war wusste Tark nicht - waren auf der Jagd gewesen, als sie kamen. Tark war als Wache zurückgelassen worden. Sie waren am Abend gekommen. Wohl zwanzig oder mehr und Tark hatte gleich zu Anfang einen Keulenhieb auf den Schädel bekommen, der ihn in tiefe Bewusstlosigkeit stieß.

Er erwachte im Lager der Angreifer. Lederne Zelte beherbergten einen ziemlich großen Stamm. Große bärtige und zottelhaarige Männer, wie Tark selbst auch einer war. Nackte oder nur mit dürftigen Lendenschürzen bekleidete Frauen, deren große Hängebrüste mit rotem Lehm verziert waren, eine Vielzahl nackter Kinder mit vor Hunger aufgebähten Bäuchen, viele von Geschwüren bedeckt...

Ein Lager, wie es überall am Ende des Winters zu finden war. Tark sah einige seiner Geschwister und sonstige Angehörige seiner Sippe. Sie gehörten nun zu diesem Stamm. So war das eben. Die Neuzugänge glichen die Verluste des Winters aus...

Tark war mit Streifen von Fellen an einen Pflock gefesselt worden. Er wusste was ihn, als erwachsenen Mann, erwartete. Er selbst hatte dergleichen auch schon mit Gefangenen gemacht. Man würde ihn töten und die Männer würden, um ihre Manneskraft zu stärken, aus seinen Hoden eine Art Suppe kochen. Den Rest des Körpers würde der Stamm aufessen, aber diese Suppe, daran glaubte auch Tark fest, war hoch wirksam !

Die Fellstreifen waren alt und Tark hatte unablässig seine Handgelenke gedehnt… und dann rissen sie. Er war aufgesprungen und gelaufen. In den Wald, durch die Schlucht, über die Berge…, aber sie verfolgten ihn. Schlechter Zauber, wenn er ihnen entkam.

Nun hatten sie ihn. Kork… Tark wusste, dass der Anführer so hieß, hatte jetzt den Fuß des Abhangs erreicht und grinste Tark wölfisch an. In seiner Hand zuckte der Speer, den er gleich in Tarks Fleisch stoßen würde.

Etwas in seinem Augenwinkel erregte Tarks Aufmerksamkeit. Ein Baumstamm trieb auf dem Fluss vorbei. Tark dachte nicht nach, sprang ins Wasser und bekam einen Ast zu fassen, bevor der Stamm sich drehte und ihn unter Wasser zog. Tark war noch nie im Wasser gewesen und schrie, aber weil er unter Wasser war, kam nur ein kurzes Gurgeln… dann füllte die Flüssigkeit seinen Mund. Der Stamm drehte sich weiter und plötzlich war sein Kopf wieder über Wasser. Keuchend spuckte er das Wasser aus und sog tief die kalte Luft ein. Die Verfolger brüllten vor Wut. Sie konnten ihm nicht direkt folgen, weil der Abhang hier bis zum Ufer reichte. Wütend schleuderte Kork seinen Speer. Er war ein sehr guter Werfer und die Waffe hätte Tark getroffen, wenn nicht der Stamm sich wieder gedreht hätte und Tark abermals unter

Wasser, aber in Sicherheit, riss. Zitternd blieb der Speer im Baumstamm stecken. Aber nun war der Stamm am der Biegung vorbei und außer Sicht der Verfolger. Tark kam wieder hoch und schaffte es, mit letzter Kraft auf den Stamm zu klettern. Er fror und war erschöpft und hungrig…

Eigentlich hätte er jetzt sterben müssen, aber als der Baumstamm am nächsten Tag ans jenseitige Ufer stieß und sich dort verhakte, lebte sein Passagier immer noch, wenn auch äußerst knapp.

Das Glück war ihm irgendwie hold gewesen. Normalerweise wäre er wahrscheinlich erfroren, nackt und entkräftet, wie er war, aber die Witterung war umgeschlagen. Eine einigermaßen wärmende Sonne hatte geschienen und er hatte einen Fisch, der sich im Geäst seines Baumes verfangen hatte, tot mit dem Bauch nach oben, roh verschlungen. Nun plagte ihn Bauchweh, aber der gröbste Hunger war gestillt. Das Wasser des Flusses schmeckte ein bisschen merkwürdig für ihn.

(Für sie, liebe Leser, die Information, dass es sich um die Elbe handelte und da er sich mittlerweile in der Nähe von Hitzacker befand, gab es schon eine gewisse Konzentration von, mit dem Hochwasser eingebrachten Meersalz)

Tarks Baum steckte jetzt also im dichten Gebüsch etwas nördlich des heutigen Hitzacker fest und er stand zittrig auf, übergab sich ins Wasser und stellte voller Staunen fest, dass da ein Speer im Stamm steckte. Er hatte überhaupt nicht mitbekommen, dass Kork den nach ihm geschleudert hatte. Tark riss ihn aus dem Holz und wog die wunderbar ausbalancierte Waffe in der Hand. So einen Speer hatte er noch nie besessen. Dies alles gab ihm Hoffnung, die schnell einer gewissen Verzweiflung wich. Wohin sollte er gehen. Zurück war unmöglich. Allein schon, dass er es über den Fluss geschafft hatte... Er wusste von niemandem, der das jemals versucht hatte.

Eine Richtung war also so gut wie die andere und er folgte dem Weg des geringsten Widerstandes, einer Art Pfad, den wohl Tiere auf dem Weg zur Tränke getrampelt hatten. Er durchquerte dichte Wälder, dann wieder ausgedehnte Wiesen, watete durch kleine Bäche, die ihm gutes Trinkwasser spendeten und er konnte, dem Speer sei gedankt, eine Hirschkuh erlegen. Nach langem Suchen fand er einen Stein mit einer scharfen Kante, den er als Messer benutzen konnte. Das Fleisch musste er roh essen, aber das war er gewohnt. Schon oft war seinem Stamm das gleichwohl gut behütete Feuer ausgegangen und sie hatten sich bei anderen Sippen im Umland Neues erkaufen müssen... Im Durschnitt hatte das eine junge Frau gekostet...

Jetzt, allein in fremdem Land, musste sich Tark eben mit dem rohen Fleisch begnügen. Er nahm nur die besten Lendenstücke und schnitt sie in lange Streifen, die er auf einen Felsblock in die Sonne legte. So wurden sie wenigstens etwas angebraten. Ungeschickt – er war ja ungeübt, weil das aus dem Fell schlagen des Tieres Frauenarbeit war - gelang es ihm, dass Fell abzuziehen und schabte das Innere mit seinem Messer einigermaßen sauber. Nun hatte er wenigstens eine Art Rock. Die Wunde, die er sich bei seinem Sturz den Abhang hinunter zugezogen hatte, war verschorft und würde heilen.

Sein Weg führte nun geradewegs nach Osten, der aufgehenden Sonne entgegen. Mit etwas Glück würde er auf eine Ansiedlung stoßen und mit noch mehr Glück könnte er sich vielleicht diesen Leuten anschließen.

Gegen Abend des dritten Tages sah er Rauch. Wo Rauch ist, gibt es Feuer und Menschen und etwas zu essen, schloss Tark und näherte sich vorsichtig.

Ank hatte den anschleichenden Tark schon lange gesehen. Er war der beste Jäger seiner Sippe mit Augen, wie ein Adler. Er saß auf einer Astgabel und hielt Wache. Das Lager war am Waldrand. Ein paar Hütten, nach Landesart aus Ästen geflochten und mit Grassoden und Fellen bedeckt. In der Mitte das große Herdfeuer, um das die Menschen saßen und sich wärmten. Die Jäger hatten Glück gehabt heute. Es war ihnen gelungen, ein Bison zu erlegen, wenn auch der arme alte Fer, schon fast dreißig und nahezu zahnlos, unter die Hufe der fliehenden Herde geraten war und nun stöhnend am Rande des Lagers lag. Ank hatte gleichmütig beobachtet, wie Huno, der Häuptling zu dem leidenden alten Mann ging und ihn mit einem Beilhieb erlöste. „Gut so!" dachte Ank, wie alle.

Nun kam dort ein fremder Mann angeschlichen und Ank überlegte, ob er ihn jetzt gleich mit dem Speer durchbohren sollte, oder warten, bis der Fremdling näher kam und ihn dann mit der Keule erschlagen…

Ank entschloss sich für die Keule und als Tark unter dem Baum vorbeischlich, auf dem Ank lauerte, ließ sich der auf den Fremden fallen, riss ihn um und schmetterte ihm seine, aus einem massiven Wurzelstück einer Eiche gefertigte Keule auf den Kopf, was Tark – sie erinnern sich – somit zum zweiten Mal innerhalb von ein paar Tagen widerfuhr. Das Ergebnis war jedenfalls das gleiche... tiefe Besinnungslosigkeit.

Ank holte sich Hilfe aus dem Lager und sie trugen den schlaffen Körper des Fremden ans Feuer. Huno besah sich den Gefangenen. Jung, kräftig und mit nicht zu vielen Narben. Nach kurzem Nachdenken beschied er seinen Leuten, dass der Fremde sozusagen der Ersatz für den toten Fer sein würde. Abermals Glück für Tark auch, weil hier ebenfalls die Sitte des Hodensuppenkochens gepflegt wurde und vorerst schnitt die alte Moa, Köchin der Sippe, dem toten Fer seine Testikeln ab, warf sie in eine Knochenschaufel, gab Wasser und verschiedene Kräuter hinzu, die ihr passend erschienen und summte eine monotone Melodie, während sie den Sud köcheln ließ. Die Männer würden das nachher trinken und wenn sie Glück hatte, ja..., dann hatte sie auch etwas davon, was nicht mehr oft vorkam.

Tark erwachte mit einem Riesenbrummschädel. Die Keulenhiebe der letzten Zeit taten seiner Gesundheit nicht gut, so viel war klar. Es dauerte eine Weile, bis er einigermaßen klar sehen konnte. Ein Lager... Wieder einmal an einen Pfahl gebunden. Um ihn herum das pralle Leben. Immerhin schien es den Leuten nicht schlecht zu gehen. Die Kinder lachten beim herumtollen und die

Frauen waren recht gut genährt und viele waren schwanger. Gut. Männer waren nicht zu sehen, die waren wieder auf der Jagd.

Sie stieß ihn an. Er hatte sie nicht näher kommen sehen. Sie hielt ihm ein ausgehöhltes Aststück, eine Art Becher hin und er wollte ihn ergreifen, aber die Fesseln ließen das nicht zu. Sie lächelte ihn an und führte den Becher an seinen Mund. Gierig schluckte er das Wasser. Köstlich... seine Kehle war wie ausgedörrt gewesen. Er verschluckte sich und er fühlte die kühle Nässe über seine Brust rinnen. Sie lachte und sagte etwas, aber er verstand sie nicht. Die Worte klangen für ihn fremd, aber ihre Stimme war angenehm weich. Er sah in ihre Augen und... Es traf ihn wie ein Blitz. In seinem Stamm hatten alle braune Augen gehabt. Bei allen anderen Menschen, die er kannte war das auch so und sie... Tiefblaue strahlende Augen. Wie die Farbe des Himmels. Tark verliebte sich in ihre Augen, bevor er den Rest ihres Gesichts und Körpers musterte. Nicht groß, aber kräftig gebaut. Nicht zu große, noch straffe Brüste, ein leicht gewölbter Bauch, breite Hüften , die ein Lendenschurz umhüllte. Starke muskulöse Beine... Eine junge Frau, die ihrer Bestimmung als Gefährtin eines Jägers wie ihm perfekt entsprach. Ihrem etwas großen Mund entfuhren wieder Worte und er schüttelte den Kopf... Sie nickte. Er verstand sie nicht. Auch sie hatte Gefallen an dem Mann gefunden, der da angepflockt war. Sie nahm den Becher von seinen Lippen, drehte sich um und ging zum Feuer zurück. Moa, die die Szene beobachtet hatte kicherte. „Na Idra, ist das nicht ein schönes Exemplar? Pass auf, dass Ank dich nicht mit ihm erwischt, aber vielleicht lohnt es sich". Tarks Hirschkuhfell hatte sich verschoben und Moa betrachtete wohlgefällig seine Männlichkeit.

Idra, war irgendwann im Winter dreizehn geworden und somit eine voll erblühte Frau. Huno hatte bestimmt, dass sie zu Ank gehören sollte, neben dessen anderen Frauen Gani und Fok. Vorigen Monat war ihre Initiation gewesen. Feierlich. Bei Vollmond und im Schein der Fackeln. Das ganze Dorf war dabei gewesen. Moa hatte ihr etwas zu trinken gegeben, was scharf schmeckte, aber ihren Sinn leicht machte. Ihr Körper war mit Fett eingerieben worden und glänzte. Auch die anderen tranken den scharfen Schnaps und dann mußte Idra ihren Schurz ablegen und tanzen. Sie drehte sich vor dem Feuer und der Schein der Flammen spiegelte sich auf ihrer fettigen Haut. Huno stand schwankend auf und kam zu ihr. Er griff nach ihren Brüsten und stieß sie zu Boden. Sie schrie erschrocken auf, als er in sie eindrang und wild zu stoßen begann. Die anderen klatschten Beifall. Es tat weh, aber sie hatte das erwartet. Sie hatte oft zugesehen, wenn andere initialisiert wurden. Deshalb blieb sie ergeben liegen, als Huno sich erhob. Fünf Männer, so wollte es der Brauch, nahmen sie ohne viel Federlesen. So etwas wie Zärtlichkeit gab es bei diesem Geschäft nicht. Die anderen wurden aber durch das Zusehen animiert und bald lagen überall um das Feuer herum Paare in wechselnden Zusammensetzungen. Moa hatte eine gute Mischung gebraut. Darin war man sich einig...

Idra war in Anks Zelt gezogen. Sie fand Ank ziemlich hässlich und grob, aber schließlich ging es ja nicht um Gefühle, sondern um den Fortbestand der Sippe.

Gani und Fok, beide schon über zwanzig, und ihre insgesamt zehn Kinder machten Platz und Idra fand einen schmalen Schlafplatz.

Tark verstand ihn zwar auch nicht, aber Huno machte ihm klar, was von ihm erwartet wurde. Tark war einverstanden. Na gut, dann war er jetzt eben Jäger in dieser Sippe. Die anderen nahmen ihn auf als sie sahen, dass er ebenso gut wie sie selbst Tiere aufspüren und töten konnte.

Er fand Platz im Zelt der Ledigen. Ledige Frauen gab es nicht, die teilte Huno sofort jemandem zu. Fers Frauen zum Beispiel waren, nach Verzehr seiner Genitalien, sofort anderen Männern zugeteilt worden. Außer Tark gab es nur zwei Mitbewohner. Einer hatte bei einer unliebsamen Begegnung mit einem Keiler den Großteil seines Penis eingebüßt , weshalb er nutzlos für die Frauen war, der andere war so ein übler Schläger, dass Huno ihm den Umgang mit Frauen verboten hatte, nachdem er zwei Frauen schlimm zugerichtet hatte.

Tark fand sich zurecht. Die Landschaft war leicht wellig. Nicht so, wie der Harz. Lieblich. Laubwälder herrschten vor. Es gab viel Wild und Tark erjagte seinen Teil. Langsam lernte er die Sprache der Leute. Eine rudimentäre Sprache nach unseren heutigen Begriffen, aber man verstand sich. Zeichen und Gesten ergänzten die Worte.

Der Sommer kam. Heiß war es in diesem Jahr. Die Frauen und Kinder sammelten alles, was es an Beeren und Kräutern, Pilzen und Früchten zu sammeln gab. Huno versprach Tark, ihm die nächste „freie" Frau zu geben.   Foni würde bald initialisiert werden…, Sie hatte auch blaue Augen, aber nicht so strahlende wie Idra. Tark wollte nur Idra. Die mit den „strahlenden" blauen Augen. Er wusste, dass Ank ihn töten würde –und durfte- wenn er sich ihr näherte. Idra dachte ebenfalls an Tark. Besonders wenn sich Ank an ihr zu schaffen machte.

Sie taten es trotzdem. Tark hatte sich bei der Verfolgung eines Rehs das Knie verstaucht und musste im Lager bleiben. Nach einigen Tagen konnte er wieder herum humpeln und dann fand er Idra, die sich gerade etwas abseits bei den Büschen am Bach wusch... Ihre langen blonden Haare, die fast bis an den Po reichten, hingen nass über ihren Rücken. Tarks Herz klopfte zum Zerspringen, als er leise von hinten heranschlich und seine Arme um sie legte. Seine Hände umfassten ihre Brüste und sie schmiegte sich an seinen Bauch. Sie hatte ihn längst im Spiegel des Baches erkannt und sie war bereit...

Es ging eine Zeit lang gut, dann wurden sie beobachtet und Huno tat es ein bisschen leid um Tark. Aber Ank forderte, zu recht, sein Recht.

Wieder fand sich Tark an einen Pfahl gefesselt mit der Aussicht, dass seine Hoden nun als Suppenzutat enden würden. Das ganze Dorf freute sich schon auf den Abend. Idra hatte nur einen strengen Verweis von Huno bekommen. Frauen waren unverzichtbar in diesen Zeiten...

Ank hatte sie schwer gezüchtigt, aber es würden fast keine Narben zurück bleiben hatte Moa gesagt, als sie die Wunden mit Kräutersalbe einrieb. Moa blickte mit gemischten Gefühlen dem Abend entgegen. Einerseits würde die Einnahme der Tarksuppe auch sie wieder einmal in den „Genuss" kommen lassen, andererseits tat ihr Idra leid. Sie selbst hatte so etwas nie erlebt. Gefühle, die über das hinausgehen, was man so direkt beim Geschlechtsakt erfuhr. War das nötig? Wünschenswert? So etwas gab doch nur Trauer, wenn zum Beispiel ein Keiler oder Bison den Mann tötete. Sie selbst hatte drei Männer auf diese Art verloren, na ja, einer war dummerweise im Moor versunken. Mit ihren knapp dreißig Jahren auf dem Buckel war Moa die unangefochtene Expertin für Medizin und Kräuter und leckere Schnäpse. Noch ein , zwei Jahre vielleicht, wenn sie Glück hatte…

Idra brauchte Moas Hilfe. Sie selbst durfte sich Tark nicht nähern und Moa entschied, dass sie für diesmal auf die segensreiche Nachwirkung von Tarks Hodenextrakt verzichten würde. Es gab aber keine Zeit zu verlieren. Die Männer würden bald zurück sein. Sie wollten noch Moorhühner für die abendliche Feier fangen. Moa zerschnitt, als niemand hinsah, Tarks Fesseln und Idra erwartete ihn am Waldrand. Moa sah ihnen nach, während sie die Reste der Fesseln ins Feuer warf und monoton vor sich hin summte…

Sie rannten so schnell sie konnten. Um Haaresbreite wären sie den Jägern in die Arme gelaufen, aber Huno lachte so laut und dröhnend, dass sie sich rechtzeitig verstecken konnten. Sie liefen weiter und als sie nicht mehr laufen konnten, gingen sie und dann schleppten sie sich dahin und dann… Dann ging es plötzlich nicht mehr weiter. Sie standen am Strand. Vor ihnen die von der Sonne beglänzte Ostsee. Unendlich weit in der Mitte, zu beiden Seiten eingerahmt von Landvorsprüngen. Bäume bis fast an das Wasser mit unendlich vielen Vögeln darin und in der Luft. Diese großen weißen Vögel, von denen es nur gelegentlich ein paar bei ihrem Dorf gegeben hatte. Die mit starren Flügeln hin und her schwebten und dabei seltsam schrien…

Tark sank in den weichen Sand. So etwas hatte er nie zuvor gesehen und gefühlt. Idra ließ sich neben ihn nieder und ließ die feinen Sandkörner durch ihre Hand rieseln.

Sie liebten sich. Ausgiebig und mit nur wenigen Ruhepausen und mit der Gewissheit, hier nun am Ende ihrer Flucht angekommen zu sein. Beide fühlten sich zuhause. Der Zauber der Bucht, die später einmal Lübecker Bucht heißen würde, hatte sie erfasst.

Immer blieb ihnen die Angst im Nacken, dass Ank sie aufspüren und Tark töten könnte, aber Ank war, kurz nach ihrer Flucht, von einer Schlange gebissen worden und lag halb gelähmt in seiner Hütte. Huno erwog bereits, ihn zu erschlagen und so den Männern doch noch eine Suppe zukommen zu lassen, aber Moa riet ab, denn das Gift konnte ja auch seinen Weg bis in Anks Gemächt genommen haben und dann...

Tark baute zusammen mit Idra eine gemütliche Hütte am Waldrand mit Blick auf die See, die später jemand Ostsee taufen würde. Idra bekam durchschnittlich alle zehn Monate ein Kind, von denen einige das fünfte Lebensjahr erreichten und wenn das mal geschafft war, blieben sie gewöhnlich am Leben.

Andere Menschen kamen aus verschiedensten Gründen zu diesem Ort, der einmal Scharbeutz heißen würde. Einige vertrieb Tark, weil sie nicht passten, aber andere durften bleiben. Tark wurde ein guter Häuptling, der seinen Leuten ein Vorbild in allem war. Besonders tat er sich zum Beispiel bei den anfallenden Initialisierungen hervor, worauf Idra sehr stolz war.

Lange Zeit vermied er es –anders als die Meisten – in die Ostsee zu gehen. Zu Recht, wie das Schicksal beschied, denn als er es auf Idras ständiges Drängen im Alter von stolzen 28 Jahren doch tat, erfasste ihn eine der gefährlichen Unterströmungen und er ertrank.

Sie zogen seine Leiche an Land und Idra, die so ein bisschen in Moas Rolle geschlüpft war, bereitete die Suppe. Es wurde eine fröhliche Strandparty und auch Idra bekam ihren Teil.

Bronzezeit

Etwa 900 vor Christus. Neben Ackerbau und Viehzucht kommt der Handel auf. Für damalige Zeit unglaubliche Entfernungen werden Überwunden um Waren auszutauschen.

Aber überall gibt es auch Gefahren, denn eine Obrigkeit, die schützende Funktion aufweist gibt es nicht. Es glt das Recht des Stärkeren.

Wir begleiten Hano ein Stück weit auf seinem Lebensweg...

Hano

Hano war etwa sieben Jahre alt, als er sich unsterblich in Ara verliebte. Zu dieser Zeit hatte er erstmals bewusst mitbekommen, wie sich Vater und Mutter auf ihrem Felllager in der Ecke der Hütte paarten. Die Hütte stand am Waldrand, nicht weit vom Strand entfernt. Noch drei Hütten standen dort. Windschief und schmucklos. Aus den Materialien gebaut, die es eben in der Gegend gab. Verflochtene Äste, die mit Lehm verklebt und verputzt wurden. Hier und da Holzpfosten als Verstärkung. Fenster gab es nicht, aber ein Kuhfell als Tür. Immerhin schützte sie vor den kalten Winden im Winter. Bei längerem Regen allerdings war das Dach aus Fellen und Blattwerk undicht. Im letzten Winter war Haras Hütte nebenan nach heftigem Schneefall zusammen gestürzt und die alte Mosa, schon über 40 und eine verbrauchte Greisin, war von einem Ast erschlagen worden.

Mosa war Aras Großmutter und Hano hatte sie getröstet und dabei zum ersten Mal im Arm gehabt. Ara war, wie Hano, ungefähr sieben. So etwas wie Geburtstage wurden weder registriert, noch gefeiert. Irgendwann im Sommer war sie geboren, praktisch auf dem Rübenacker, auf dem ihre Mutter arbeitete.   Ara war einverstanden gewesen, als Hano ihr vorschlug, auch einmal zu versuchen, was er bei seinen Eltern beobachtet hatte. Sie suchten sich eine Stelle im Wald, legten ihre Umhänge ab und Hano legte sich auf sie… Aber es passierte nichts. Was hätte auch passieren sollen… Sie hatten beide ihre Pubertät noch nicht erreicht. „Das ist langweilig!" meinte Ara nach einer Weile und Hano, der auch nicht weiter nicht wusste, was daran schön sein sollte sich auf den Bauch Aras zu legen, stand auf und grinste. „Wenn wir größer sind, versuchen wir es nochmal." Ara stimmte zu und sie besannen sich auf ihren Auftrag, Beeren zu sammeln. Sie hatten Glück und ihre Mütter nahm ihnen zufrieden die gefüllten Weidekörbe ab, aus deren Inhalt sie leckere Grütze zubereiten würden.

Sie lebten am Strand einer Bucht, die sich hufeisenförmig von der Mündung der Trave, wie sie später einmal heißen würde, bis zur Insel Fehmarn hinzog. Der guten Lage wegen hatten sich viele Sippen wie Hanos und Aras entlang des Ufersaums niedergelassen. Dörfer und Städte gab es noch nicht. Einige erfolgreiche Fischer und Bauern hatten damit begonnen, sich größere Hütten und Ställe für das Vieh zu bauen. Insgesamt lebten wohl mittlerweile fast dreihundert Menschen rings um die Bucht. Etwas landeinwärts gab es einen Sandweg, der sich von der Furt bei der Stelle, die heute Travemünde heißt, nach Nordwesten bog. Die Bernsteinhändler aus den Ländern im Osten zogen auf ihm bis nach Holland und weiter…

Hanos Vater legte sich mit den Nachbarn von Zeit zu Zeit in den Büschen auf die Lauer und wenn es nur ein oder zwei Wagen waren, die von Ochsen gezogen den Weg befuhren, erschlugen sie die Fuhrleute und führten die Gespanne nach Norden, wo sie die Beute bei einer anderen Sippe gegen nützliche Waren tauschten. Manchmal überlebte aber auch ein Mitglied aus Hanos Sippe diese Überfälle nicht und so kam es, dass Ara, plötzlich vaterlos, in Hanos Hütte kam und neben ihm im Stroh schlafen durfte.

Sie waren wohl so zwölf, als sie es noch einmal versuchten und plötzlich klappte es. Hanos Vater brummte nur. „Macht nicht solchen Krach!" und damit waren sie ein Paar.

Hano wurde ein guter Fischer. Mit dem Handnetz, das Ara mit den anderen Frauen geflochten hatte, stand er stundenlang im mitunter sehr kalten hüfttiefen Wasser und fing Heringe und was die Strömung sonst so in die Netze trieb. Ara arbeitete auf den Feldern und kochte und wurde schwanger und beide waren glücklich…

Sie hatten einen langen Weg hinter sich. Zuhause auf der kurischen Nehrung, waren sie diesen Weg schon mehrmals gegangen. Ihre Wagen, drei diesmal, waren beladen mit Bärenfellen. Die wirklich wertvolle Ladung war aber in groben geflochtenen Körben unter den Fellen verborgen. Bernstein, wie es ihn in dieser Qualität nur an den Stränden ihrer Heimat gab. Sie wollten nach Westen, wo sie ihre Ware an einem Handelsplatz in der Nähe des heutigen Bremen gegen die begehrten Metallerzeugnisse der keltischen Stämme eintauschen konnten. Äxte, Schwerter, Kessel, auch Schmuck…

Lar war ihr Anführer. Fast Ein Meter sechzig und damit groß für die Zeit. Bärenstark und wortkarg. Auf der Höhe seiner Kraft und Ausdauer mit nunmehr Fünfundzwanzig Jahren auf dem Buckel.

Seine acht Gefolgsleute, allesamt kräftig und erfahren, waren alle bis auf den jungen Krell schon einmal diesen Weg gegangen. Erst gestern hatten sie auf einer ziemlich rudimentären, aus zusammengebundenen Baumstämmen bestehenden Fähre die Trave an ihrer engsten Stelle überquert. Zweimal waren sie schon auf ihrem langen Weg die Ostseeküste entlang überfallen worden, aber Lars Truppe war siegreich geblieben. Sie hatten neue Schwerter, die sie auf der letzten Reise erworben hatten und die den Waffen der Wegelagerer, oftmals aus minderwertiger Bronze, überlegen waren. „Wir lagern hier!" befahl Lar als es dämmerte. Sie schirrten die Ochsen aus und banden sie mit langen Seilen an Bäume, so dass sie das fette Sommergras weiden konnten. Olo holte Wasser mit den Holzeimern aus dem nahen Bach, der Lar dazu bewogen hatte, hier zu rasten.

Sie entfachten ein Feuer und begannen die Reste des Wildschweins zu braten, das sie gestern erjagt hatten.

Es war schon fast dunkel, als Hano, auf seinem ersten Raubzug unter Anleitung seines Vaters, und die sechs Männer aus den anderen Hütten sich dem Feuer der Händler näherten. Sie waren sehr vorsichtig und Hano schwitzte. Er hatte zwar Angst, aber kein schlechtes Gewissen. Dergleichen gehörte eben zum Leben. Nur auf das Überleben, und dazu gehörte Beute machen, kam es an.

Ihr Pech war, dass Olo gerade frisches Wasser holte und laut schrie, als einer der Männer ihm seinen Speer in den Rücken stieß. Plötzlich schrien alle und Hano folgte seinem Vater, der mit fuchtelndem Schwert durch die letzten Büsche brach… und sich der abwehrbereiten, durch Olos Schrei gewarnten Schar der Fuhrleute gegenüber sah. Hano stolperte und verstauchte sich den Knöchel. Er konnte nicht aufstehen und versteckte sich im Dickicht und das und die Dunkelheit rettete ihn. Im flackernden Schein des Feuers sah er entsetzt das Ende der Männer seiner Sippe. Alle fielen unter den wuchtigen Schlägen der erfahrenen Fuhrleute, denn diesmal hatte die Überraschung versagt.

Sie fanden ihn am Morgen und Joso wollte ihn erschlagen, aber Lar hielt ihn zurück. Er sah, dass Hano noch sehr jung war und da nun Olo fehlte… „Wir nehmen ihn mit. Er kann die Ochsen versorgen, jetzt, wo Olo tot ist", beschied er den Männern die knurrten, was Ablehnung oder Zustimmung bedeuten konnte, aber das war Lar egal. Er stieß Hano, der ihn ängstlich musterte, mit dem Fuß an. „Los, steh auf.

Kümmer dich um die Ochsen und wenn du nicht tust was ich sage…" Er ließ offen, was passieren würde, aber die drohende Geste, die er zur Untermalung seiner Rede mit dem Schwert ausführte, sagte genug. Hano versuchte aufzustehen, aber sein verstauchter Knöchel ließ ihn aufstöhnen und zurückfallen. Lar sah ihn grimmig an und gab ihm einen derben Fußtritt und Hano raffte sich auf. „Was sollen wir mit diesem Idioten anfangen", protestierte einer der Leute, als Hano, der nicht wusste was von ihm erwartet wurde und auch die Worte der Fuhrleute nicht verstand, den anderen beim anschirren der Ochsen nur im Wege stand. Lar funkelte ihn böse an. „Zeig ihm, was er tun soll", befahl er und Hano lernte, durch Gesten und unterstützt durch sehr viele Schläge sein neues Tätigkeitsfeld kennen. Zum Glück entspannte sich sein lädierter Knöchel   denn sie legten an diesem Tag eine große Wegstrecke zurück und Lar ließ ihn, als die Wagen erst mal in Bewegung waren, eine Zeitlang aufsitzen.

Jetzt erst hatte Hano Zeit, an das Geschehene zu denken. Vaters Tod, die anderen Männer… Ara und die Frauen…, was würde aus ihnen werden? Trübsal erfasste ihn, aber nach und nach interessierte er sich für seine Umgebung.

In den Hütten war Verzweiflung eingekehrt. Als die Männer nicht zurückkehrten hatten sich einige der jüngeren Frauen, unter ihnen Ara, auf die Suche gemacht und nach einiger Zeit die große Zahl von Krähen bemerkt, die sich genussvoll an die Beseitigung der Leichen gemacht hatten. Sie schrien und weinten und verscheuchten die erbost krächzenden Totengräber. Nur Ara suchte und suchte nach Hano, den sie nicht fand. Schließlich blieb sie mit hängendem Kopf und tränenüberströmt auf dem sandigen Weg stehen, in den die hölzernen Räder tiefe Spuren gegraben hatten. Sie wusste nicht einmal, in welche Richtung die Wagen mit ihrem Hano gefahren waren und so kehrte sie mit den anderen Frauen zurück an den Strand, wo die Alten und Kinder auf sie warteten und entsetzt hörten, was geschehen war.

Der Verlust der Männer bedeutete ganz konkret Hunger und Schutzlosigkeit gegen Überfälle und es dauerte drei furchtbare Jahre, bis so etwas wie Normalität eintrat, denn einige durchziehende Männer blieben und auch Ara teilte schließlich mit einem von Ihnen ihr Lager.

Hano lernte schnell. Viel gab es aber nicht zu lernen. Die Behandlung der Ochsen, Beladen der Wagen All die Hilfsdienste, die Lar ihm auftrug, waren ihm im Grunde geläufig. Nach und nach lernte er die Sprache seiner neuen Gefährten. Besonders aber gefiel ihm das Handeln an den Orten, die sich an den Kreuzungen der Wege zu diesem Zweck gebildet hatten. Rau ging es zu. Männer verschiedenster Abkunft lagerten, aßen, tranken und rauften. Frauen gab es, die den Männern die Zeit vertrieben…

Lar ließ ihn zusehen, als er mit einem narbenbedeckten zottigen Kelten Bernstein gegen Waffen tauschte. Während Lar und der Kelte noch feilschten, nahm Hano eines der Schwerter in die Hand und ließ es spielerisch auf einen Stein prallen… Die Klinge zerbrach und Lar tötete den Kelten, der ihn mit minderwertiger Ware betrügen wollte.

So wurde Hano mehr und mehr zu Lars Gehilfen. Sie kamen nach vielen Monaten in Lars Heimat im heutigen Litauen an, wo Hano über das mit einem Holzzaun umgebende Gehöft staunte, das sein Herr besaß. Drei Frauen mit vielen Kindern bejubelten dessen Heimkehr. Knechte und Mägde…

Andere, ähnliche Höfe gab entlang des Flussufers… Alles war so viel weiter entwickelt, als zuhause, aber Hano überkam Heimweh und Sehnsucht nach Ara. Die Winter waren hart und lang in dieser Gegend und Hano nahm sich eine der Mägde mit auf sein Lager, die Tere hieß, aber er nannte sie Ara.

Sie gingen andere Wege. Nach Süden, nach Norden, nach Osten und dann, im vierten Jahr wieder nach Westen. Hano war nun ein, von seinen Gefährten anerkannter Fuhrmann, wenn ihm auch das Handeln untersagt blieb. Sie querten die Trave genau dort, wo auch heute die Fähre besteht und als sie, durch Zufall war es derselbe Platz, an dem Hano in Gefangenschaft geraten war, wiederum ihr Lager aufschlugen, wurden die Erinnerungen in ihm übermächtig. Mitten in der Nacht, als er die Wache hatte stand er auf, nahm sein Schwert und verließ Lar und sein neues Leben.

Es waren neue Hütten dazu gekommen. Es dämmerte und Hano setzte sich an den Waldrand und sah auf „seine" Bucht hinaus. Ein unerklärliches Glücksgefühl durchdrang ihn. Hier gehörte er hin!

Die sacht ans Ufer plätschernden Wellen , das Kreischen der Möwen, die Futter suchend über den Küstensaum segelten, die zum Trocknen zwischen den Bäumen aufgehängten Netze…

Er umfing die weite Bucht von einem Ende zur anderen mit seinem Blick.

Es wurde heller und Stimmen drangen aus den Hütten. Türfelle wurden zurückgeschlagen und Menschen traten heraus, reckten sich in der aufgehenden Sonne und gingen ziemlich nah an Hanos Versteck vorbei in den Wald, um sich zu erleichtern. Hano kannte sie, die Frauen, aber die Männer kannte er nicht. Kleine Kinder rannten zum Strand, um zu baden und ein Stich durchfuhr Hanos Brust. Eines dieser Kinder musste ja seines sein.

Ara trat aus einer - seines Vaters - Hütte. Sie kam Hano schöner vor als alle Frauen, die er bisher gesehen hatte. „Seine" Ara, wegen der er nun zurückkehrte. Er wollte aufstehen und einfach zu ihr laufen, sie in den Arm nehmen...

Ein großer kräftiger Mann trat aus der Hütte und umschlang Ara und sie ließ es nicht nur geschehen, sondern erwiderte seine Zärtlichkeiten.

Hano sprang auf und Ara und ihr Mann sahen entsetzt einen fremden, mit einem Schwert fuchtelnden Fremden aus dem Wald kommen. Kuf, so nannte man Aras Mann, ergriff einen Fischspeer, der an der Hüttenwand lehnte und schleuderte ihn mit aller Kraft dem heran eilenden Hano entgegen. Die scharfe Waffe drang unterhalb des Brustbeins in ihn ein, so dass sie neben dem Rückgrat wieder austrat. Die scharfe Spitze und die Widerhaken, dafür gedacht Dorsche aufzuspießen, zerfetzten seine Eingeweide und er fiel in den weichen Sand „seines" Strandes.

Vorsichtig näherten sich die Leute aus den Hütten, auch Kuf und Ara, dem offensichtlich tödlich getroffenen Mann in dem fremdartigen Wollumhang, der sich rund um den eingedrungenen Speer blutrot färbte.

Als Ara dicht an ihn herantrat, öffnete der Fremde die Augen und sie schlug verzweifelt die Hand vor den Mund, als sie ihn erkannte. Er versuchte den Arm zu heben und öffnete den Mund um „Ara" zu sagen, aber es kam nur ein Blutschwall und seine Augen brachen...

Sie vergruben ihn im Wald. An der Stelle, wo sie vor Jahren seinen Vater und die anderen Männer verscharrt hatten und Ara weinte.

Vorchristliche Zeit

So ungefähr 200 vor Christus.

Vom Lebensstil her sind die Menschen, zumindest in Europa, immer noch auf einem relativ niedrigen Niveau.

Aber die Bevölkerung - auch hier an unserer Bucht - ist angewachsen und wirtschaftliche Strukturen werden erkennbar.

In dieser Geschichte begleiten wir Lys, eine junge Frau, deren Geschäftssinn, oder besser, ihre Neigung, ihr Schicksal wird.

Wir finden die in Museen ausgestellten Moorleichen interessant und gruselig, aber wie kamen die da überhaupt rein…

Lys

Lys war eine außergewöhnlich schöne Frau nach den Maßstäben ihrer Zeit. Nicht groß, gerade einmal etwas über Ein Meter Fünfzig. Gut Fünfzig Kilo schwer mit einem wohlgeformten Frauenkörper, der andere Frauen neidisch werden, und die Männer glänzende Augen bekommen ließ. Lange kupferrote Haare, die zu kunstvollen Zöpfen geflochten wurden, wenn ein Fest gefeiert wurde. Jetzt wurde ein Fest gefeiert, aber keines, das sie gern feierte, wenn sie auch die Hauptperson war.

Ole hatte Lys vor nunmehr zehn Jahren geheiratet. Damals noch dritter Sohn eines Fischers und von Kindesbeinen an mit auf dem Boot seines Vaters, hatte er, nach viel Widerstand seiner Familie, eine Schmiedelehre begonnen. Einen Schmied gab es in dem Dorf, das sein Zentrum, wenn man es so nennen will, zwischen dem heutigen Haffkrug und Scharbeutz hatte, nicht. Ole war mehr als zwei Jahre in Neustadt, das damals auch noch nicht so hieß, beim Eisenschmied in die Lehre gegangen, der kein umgänglicher Mann war, seinem Lehrling nichts nachsah und gern und oft Schläge austeilte.

Wie es dazu kam, dass Ole Schmied wurde, ist eine andere Geschichte und würde hier zu weit führen. Jedenfalls meinte er selbst, nach zwei Jahren alles gelernt zu haben, was es zu lernen gab und als sein

Meister ihn wieder einmal schlug, zog er ein Stück glühendes Eisen aus der Esse und stieß es seinem Meister in den Bauch. Was daraus wurde wusste Ole nicht, denn er lief sofort weg.

Niemand war Zeuge und da der Schmied unbeliebt war, vergruben ihn die Nachbarn und niemand fragte nach Oles Verbleib.

Der kehrte heim. Um die Bucht herum und bei Nieselregen, was ihm eine Erkältung eintrug. Sein Vater knurrte verärgert als er in die Hütte eintrat. Ein unnützer Esser mehr. Seine Mutter sprang auf und umarmte den verloren Sohn, der sie annieste, was in Folge ihre Erkrankung und Tod nach sich zog. Erst einmal gab sie ihm aber einen Napf Grütze aus dem dampfenden Topf über dem Feuer.

Ole verschwieg den Grund seines Kommens und ließ die Absicht erkennen zu bleiben und eine eigene Schmiede zu gründen. Sein Vater starrte ins Feuer und dachte nach, dann nickte er und beschied Ole, dass er ihn in seinem Vorhaben unterstützen würde.

Ole arbeitete hart und binnen kurzer Zeit hatte er mehr Arbeit, als er allein bewältigen konnte, weshalb er einen Gehilfen einstellte. Die Bauern und Fischer der Gegend waren begeistert. Endlich brauchten sie nicht mehr wegen defekter Pflugscharren und anderer Metallteile die lange Fahrt nach der Siedlung antreten, die heute Ahrensbök heißt.

Lys traf Ole beim Sonnerwend-Fest. Sie trug ein langes Kleid aus gebleichtem Flachs und einen Blumenkranz im Haar und Ole hatte nur Augen für sie, trank einen Becher Met nach dem anderen und tanzte sogar unbeholfen um das Feuer, nur um ihr nah zu sein. Lys suchte auch einen Mann und Ole war so gut, wie jeder andere. Im Nachhinein erwies sich ihre Wahl als gut, denn wenn sie einen Bauern oder Fischer geheiratet hätte, hätte sie auf dem Acker mitarbeiten oder Netze flicken müssen. Als Frau des Schmiedes war es ihre Aufgabe, nahrhaftes Essen für ihn und seinen Gehilfen zu bereiten, sowie Wasser für die Schmiede zu holen, was aber nicht schlimm war, denn der Bach verlief gleich hinter der Hütte. Lys konnte in der ersten Zeit viel für sich tun. Nähen, Haare flechten, ihre Freundinnen besuchen...

Dann kamen in kurzer Folge zwei Mädchen und zwei Jungen zur Welt und das lastete sie aus. Anders als die anderen Frauen schienen sie aber die Geburten und die damit verbundenen Strapazen eher noch schöner und anziehender zu machen.

Oft kamen durchziehende Händler auf ihrem Weg entlang der Küste ins Dorf und Lys und Ole eröffneten eine Art frühes Gasthaus. Zuvor schliefen die Gäste in den Scheunen der Bauern. Lys unterteilte die neue Hütte, die Ole und sein Gehilfe aufgebaut hatten, mit Hilfe von auf Holzrahmen gespannter Tierhäute in einzelne Zellen, in denen einfache Strohsäcke die Betten bildeten. Wann genau sie damit begann, diese Strohsäcke bei Bedarf auch mit ihrer persönlichen Anwesenheit zu verschönern...

Ole blieb oftmals lange in der Schmiede und danach ging er gewöhnlich zu seinem Freund, dessen Frau ein außergewöhnlich schmackhaftes und starkes Met brauen konnte. Meistens schlief er gleich dort ein und kam dann am frühen Morgen nach Haus, um noch ein wenig weiter zu schlafen, bis Lys Ihn nachdrücklich daran erinnern musste, dass die Arbeit rief.

So blieb, bis auf seltene Gelegenheiten, ihr durchaus überdurchschnittlich bestehendes Verlangen ungestillt und die Gäste dankten es ihr...

Aber nichts bleibt wie es ist, wenn Neid und Missgunst ihr hässliches Haupt erheben. Lys, sowieso schon von den anderen Frauen scheel betrachtet wegen ihrer Schönheit, erweckte nun auch noch den Argwohn der anderen wegen ihres Erfolges mit dem Gasthaus. So kam es, dass Guthild, eine ehemalige Freundin von Lys, als sie auf ihrem Weg vom Strand, wo sie Muscheln gesucht hatte nahe an der Rückseite des Gasthauses vorbei kam, Geräusche hörte, die sie sich anschleichen ließ. Man muss wissen, dass die Hütte aus geflochtenen dünnen Ästen bestand, die mit Lehm gefüllt und verputzt waren. So blieben allemal Lücken und Löcher, durch die Guthild Einblick nehmen konnte.

Die fraglichen Geräusche kamen von Lys, die mit hochgerafftem Rock auf einem Mann saß, der nicht Ole war, das sah Guthild. Erregung, Empörung aber auch Neid überkamen sie. Sie selbst… Na ja, nach ihren fünf Schwangerschaften war sie dick und formlos geworden, weshalb es nur noch ganz selten Aktivitäten ihres Mannes gab.

Nun war es so, dass, was Guthild wusste, sehr bald auch jeder andere im Dorf wusste. Ole verprügelte Jan, als der ihm seine neuerworbene Weisheit hämisch grinsend unter die vom Met gerötete Nase rieb…

Es gab einen Ehrenkodex im Dorf. Ersonnen von einigen älteren Männern und Frauen, die ihn sich in langen Winternächten ausgedacht hatten. Mit Religion –es gab eigentlich keine hier im Dorf – hatte das nichts zu tun, wenn auch vieles anderswo, z.B. bei den Leuten in Ägypten, 3000Km entfernt und den Leuten hier völlig unbekannt, ähnlich gehandhabt wurde.

Ole wollte eigentlich nicht, aber die Dorfgemeinschaft schon. Auch Lys war mittlerweile die Gefahr, in der sie schwebte, bewusst geworden. Sie warf sich vor Ole auf den Boden und schwor, nie wieder einem Anderen ihre Gunst schenken zu wollen…

Ole war aber mittlerweile ihrer ohnehin ein wenig überdrüssig, und

ließ sich nicht mehr von seinem Vorhaben abbringen.

Es wurde, was man heute ein Event nennen würde. Die Frauen brauten Topf nach Topf starken Mets und Schafe und Ziegen wurden geschlachtet. Ole konnte sich nicht mehr richtig an das letzte Ereignis dieser Art erinnern… Er war da noch Kind gewesen.

Lys, die unter strengem Hüttenarrest stand, wusste die Details auch nicht mehr genau, nur, dass damals eine Frau aus dem Dorf plötzlich verschwunden war und dieser Umstand gefeiert wurde.

Lys war pragmatisch veranlagt und sich eigentlich keiner großen Schuld bewusst. Nun ja, die Männer…, aber war das so schlimm? Nach und nach dämmerte ihr aber, dass das nicht gut für sie ausgehen würde und bei der ersten Gelegenheit floh sie. Wiederum war es Guthild, die das mit bekam. Lys wurde, nach dem sie eingefangen worden war, gefesselt und bewacht.

Die Vorbereitungen dauerten drei Tage. Ein weiterer wurde zugegeben, weil es regnete, aber dann war es endlich so weit. Die Sonne schien warm und gegen Mittag versammelte sich das Dorf am Brunnen. Met floss in Strömen und die Stimmung stieg. Die Kinder, auch die von Lys, sprangen herum und versuchten, auch etwas von dem allgegenwärtigen belustigenden Getränk zu erhaschen.

Mittendrin stand einer der älteren Männer, dem das alles zu lange dauerte auf, und nickte Ole zu. Lys wurde aus ihrer Hütte geholt. Guthild und ein paar andere Frauen riefen ihr Beleidigungen zu...

Das meiste Volk durfte nicht mit, als sich der kleine Zug in Bewegung setzte. Die fünf Leute vom Ältestenrat - drei Frauen und zwei Männer- dann Ole, der die unablässig jammernde Lys an einem Kälberstrick hinter sich her zog. Der Weg führte durch den - heutigen - Kammerwald und von einer kleinen Erhebung aus, konnte man über die weite Bucht bis zum jenseitigen Ufer sehen. Lys nahm das alles in sich auf, sich nun bewusst, dass sie das alles zum letzten Mal sah. Hier war sie aufgewachsen und glücklich gewesen...

Der Mann an der Spitze bog zum Moor hin ab, das sich in der „verbotenen" Senke befand. Vorsichtig testete er mit seinem Wanderstab den Boden, der sich hier mitunter sehr schnell verändern konnte.

Dann waren sie da. Ein Tümpel, dessen Ufer von Krüppelkiefern gesäumt wurde. Ein paar der Bäume umgestürzt und halb versunken. Schilf bis weit über die Wasserfläche. Krächzende Krähen, die sich gestört fühlten, in den Wipfeln der auf sicherem Grund stehenden Bäume...

Eine der älteren Frauen wollte zu einer feierlichen Rede ansetzten, aber Ole wollte das nun hinter sich bringen und zog Lys ans Ufer. Er fluchte, denn er trat in ein Sumpfloch und sein linker Fellstiefel blieb darin, als er sich mühsam befreite.

Lys sträubte sich und Ole zögerte, so dass ihn die anderen noch etwas anfeuern mussten. Er wandte sich Lys zu und als sie ihn ansah, musste er die Augen abwenden. Sie klammerte sich an ihn und nur seiner als Schmied erworbenen Kraft wegen, konnte er sie hoch heben und in einem ziemlichen Bogen in den Sumpf werfen. Sie schrie gellend, bis sie aufschlug und schlammiges Wasser Ihren offenen Mund füllte. Sie spuckte aus und versuchte festen Stand zu finden, aber es gab keinen.

Unbarmherzig zog der weiche Boden sie hinab und je mehr sie sich bewegte, desto schneller versank sie.

Ole war jetzt richtig schlecht. Wegen des Geschehens oder wegen des übermäßigen Met-Genusses…

Ihr letzter Schrei brach jäh ab, als ihr Kopf verschwand und das letzte, was von ihr zu sehen war, waren ihre roten Haare, die wie Spinnweben auf der Oberfläche wogten…

Sie drehten sich um und gingen ins Dorf zurück. Die Feier dauerte, bis der letzte Tropfen Met getrunken und das letzte Fleischstück verspeist war. Als Ruhe im Dorf einkehrte, torkelte Ole an den Strand und setzte sich schwer in den Sand. Leise schlugen die Wellen ans Ufer. Sterne übersäten den Nachthimmel und er dachte an Lys und er weinte um sie und schlief ein.

Nachchristliche Zeit

Frühes Mittelalter. Zeit der Bekehrung. Zeit des Wandels.

Ungefähr 800 nach Christus.

„...das alle Welt bekehret werde..."

Das kennen wir aus der Bibel, aber wie erfolgte das?

Begleiten wir Kasimir auf seiner Mission, die Ungläubigen Bewohner der Ostseeküste auf den rechten Weg zu führen...

Kasimir

Es war ein ganz gewöhnlicher Taschenspielertrick. Kasimir hatte ihn von seinem Vater gelernt, als er ungefähr fünf Jahre alt war, aber man konnte damit immer noch die Leute verblüffen oder, wie in diesem Fall, jemanden kräftig übers Ohr hauen. Im Prinzip das auch noch heute gebräuchliche Hütchen-Spiel, hatte es Kasimir im Verschieben der drei Becher zu so großer Fertigkeit gebracht, dass er selten verlor, wenn er um Geld spielte.

Die Schänke befand sich nahe der neuen Kirche des Städtchens Harburg, südlich eines anderen Städtchens ungefähr gleicher Größe namens Hamburg, oder damals Hammaburg. Kasimir hatte zu einem Gauklerclan gehört, der durch die Lande zog, aber eine Lungenentzündung hatte ihn erwischt. Die Anderen waren weiter gezogen und ihn hatte man hilflos hier sitzen lassen. Die Mönche des Klosters hatten ihn aufgenommen und gesund gepflegt, etwas, worauf sie sich verstanden. Ihre Bezahlung bestand jeweils darin, dass die wehrlosen Patienten sich ihrer rigorosen Missionierung unterwerfen mussten. Nun ja, bei Kasimir war das Meiste, wie man so sagt, „Hier rein…da wieder raus" gegangen, aber das regelmäßige Essen und das gute, von den Mönchen gebraute Bier hatten ihn dazu bewogen, dem Orden beizutreten. Er fand einiges ziemlich lästig, besonders die Frühgebete, aber was tut man nicht alles für ein versorgtes Leben. Er hatte zugenommen und war jetzt an der Schwelle zum Fett werden. Etwas, was er als Gaukler nie erlebt hätte...

Lesen und schreiben konnte er nicht, würde es wohl auch nicht mehr lernen und der Prior hatte ihn zur Arbeit im Obstgarten eingeteilt. Es hatte zwei Jahre gedauert, bis er das Kloster allein verlassen durfte in seinem braunen Mönchskittel. Fast automatisch war er in dieser Schänke gelandet, wo durchziehende Händler und auch ansässige Handwerker und Stadtobere verkehrten. Es gab deftiges Essen, ein süffiges Bier, das übrigens das Kloster lieferte, und willige Frauen... Nur hatte Kasimir kein Geld. Also kam es dazu, dass er zu seiner alten Profession zurückkehrte und sein Glücksspiel betrieb.

Einige Zeit ging das gut. Von seinen ersten Gewinnen kaufte er sich Hose und Hemd, die er bei einer der Frauen hinterlegen konnte. Wann immer er hierher kam, verwandelte sich das Mönchlein flugs in den Taschenspieler. Die anderen Mönche kamen nicht in die Schänke und Kasimir erzählte niemandem von seinen Ausflügen; dann aber geschah es...

Der neue Bischof, der in Hammaburg residierte und auch für Harburg zuständig war, hatte während einer seiner Besuche Lust auf etwas „weiblichen Beistand" und war zu diesem Behufe, natürlich inkognito und „ziviler Kleidung", in die Schänke gekommen. Ein paar Bier und Marias Zuneigung (Nicht die der heiligen Maria wohlgemerkt) ließen Ansgar den Herrgott loben, der ihm all das gegeben hatte. Aus der dunklen Ecke der Schänke kam Gelächter und Ansgar trat näher, um zu sehen, was es zu sehen gab. Dort musste einer, der gerade buchstäblich sein letztes Hemd verspielt hatte, dasselbe ablegen und Kasimir übergeben. Er selbst hätte darauf verzichtet den geflickten Lumpen anzunehmen, aber die Umstehenden verlangten lautstark und schadenfroh nach dem Opfer.

Ansgar sah eine Zeitlang zu, dann bekam er Lust, es auch zu versuchen… Sein Pech, das er nicht wusste, dass man dieses Spiel nicht gewinnen kann. Drei Silbertaler verschwanden in Kasimirs Taschen und er ging wütend ins Kloster zurück… Kasimirs Pech, dass er den Bischof nicht erkannte. Er hatte ihn ja noch nie von Nahem gesehen.

Anderntags musste er eine Schale frisch gepflückte Äpfel ins Priorat bringen. „Der Bischof ist da, verbeug dich, wenn du eintrittst", hatte ihn Melchior noch gewarnt.

Kurz und gut… Der Bischof und Kasimir erkannten sich auf der Stelle. Beide wurden bleich. Kasimir aus Angst, der Bischof aus Wut. Kasimir wanderte in die Arrestzelle, während die hohen Herren über seine Strafe nachdachten. Dezent wies der Prior, der Kasimir eigentlich mochte darauf hin, dass es ja auch nicht so recht ziemlich für den Bischof gewesen sei, dort zu verkehren. „Ich schick ihn zu den Heiden an die Ostsee. Da kann er Buße tun und vielleicht ein paar von diesen verstockten Kerlen von ihren Götzen in den Schoss der Kirche holen", schlug er vor. „Na gut", grummelte der Bischof. „Aber nur, wenn ich meine drei Taler zurück bekomme."

So geschah es und nach einiger zusätzlicher Unterweisung wanderte Kasimir an die Ostsee. Man hatte ihn einem Kaff mit kaum 300 Einwohnern – Bauern und Fischern- nördlich von Lübeck zugeteilt, wo nach Aussage des nächstgelegenen Pastorats in Gleschendorf noch viel altes Brauchtum gepflegt wurde. Kasimir gefiel was er sah, als er ankam. Eine weite Bucht, in der das Wasser durch die Sonne glitzerte, Möwen in der Luft, die ihre Kreise zogen und der weiße Sand des Strandes, an dem sich sanft die Wellen brachen.

Er lebte sich schnell ein und fand Unterkunft bei einem Bauern, dem er durch sein „Studium" im Kloster noch einiges über Baumschnitt beibringen konnte. Abends wurde am großen Tisch getrunken und gespielt und fast immer war es überfüllt, denn die Nachbarn kamen und Kasimir wurde als nützliche Bereicherung der Gemeinde angesehen, solange er ihnen nicht mit seinem Auftrag kam und ihnen in die Vorbereitungen zur Sonnenwendfeier hineinredete…

Dann wurde Kasimir zum Pastor nach Gleschendorf beordert und nach seinen Erfolgen befragt. Kasimir musste zugeben, dass er noch keine einzige Taufe, Trauung oder sonstiges vorweisen konnte und der Gottesmann setzte ihm eine Frist von vier Wochen. Andernfalls würde er dem Bischof berichten.

Kasimir kannte ja nun seine Pappenheimer und wusste, dank seines früheren Berufes um die Kraft der Magie, weshalb er auf einen Plan verfiel. Im Gegensatz zu den meisten Leuten hier, ging er gern baden und wusste daher bald, bis wo man noch stehen konnte. Zusätzlich machte er heimlich Versuche mit hohlen Schilfrohren durch die er, wenn er untertauchte, leidlich atmen konnte.

Er schaffte es, den Leuten eine Wette anzudrehen. Es dauerte drei Tage, denn jedes Mal, wenn er davon anfing lief er Gefahr, dass ihm einer eine Kopfnuss gab und ein anderes Thema verlangte. Schließlich siegte bei den Meisten die Neugier.

Kasimir sagte, es müsse Vollmond sein und der stand kurz bevor. Mit eindringlichen Worten beschrieb er ihnen sein Vorhaben, ihnen die überlegene Kraft seines Glaubens zu zeigen und nach einigem Stirnrunzeln fanden sich drei, die bereit waren, sich auf der Stelle von ihm taufen zu lassen, sollte er sie überzeugen.

Gisbert war sehr neugierig. Kasimir ging am nächsten Abend noch einmal ins Wasser, um ein besonders gutes Schilfrohr auszuprobieren, dass er gefunden hatte. Die meisten Dorfbewohner hätten gar nicht gewusst, was Kasimir da trieb, aber Gisbert, der sehr schlau war, hatte das selbst schon einmal ausprobiert. Er sah Kasimir aus einem Gebüsch heraus zu. Eigentlich hatte er nichts gegen Kasimir, aber auch er war für einen Spaß zu haben.

Sie standen alle am Strand. Die Frauen in ihren besten Kleidern, die Männer wie immer. Der Vollmond spiegelte sich planmäßig im Wasser und kleine Wellen plätscherten an den Strand, an dessen Rand eine Menge Seetang lag, denn vor ein paar Tagen hatte ihn noch ein ordentlicher Oststurm überflutet. Kasimir stand da in seinem braunen Kittel und betete lautstark. „Mach endlich zu…", knurrte Waldemar, dem das langweilig wurde und alle stimmten zu.

Kasimir verstummte und schritt theatralisch ins Wasser. Neben ihm der lange Knut. Ausgewählt, weil er da noch gut stehen konnte, wo Kasimir schon unter Wasser war. Er trug den großen Stein, um den ein Strick geschlungen war, dessen anderes Ende um Kasimirs Hüfte gebunden war. Es war abgemacht, dass Kasimir gewonnen hätte, wenn er länger als eine Viertelstunde vollständig unter Wasser geblieben wäre und –Kraft seines Glaubens – überlebt hätte. Der Stein stellte sicher, dass er unten blieb. Knut sollte dann, wenn die

Sanduhr durchgelaufen war, wieder ins Wasser und Kasimir heraushelfen.

So weit so gut. Kasimir war jetzt bis zur Achsel im Wasser und holte vorsichtig, damit Knut nichts merkte, sein Schilfrohr welches er unter seiner Kutte verborgen hatte hervor. Noch ein Schritt… Plötzlich sackte er weg. Der Sturm hatte die Sandbank, die da noch gewesen war, abgetragen und früher als erwartet tauchte er komplett unter. Auch Knut war bis zum Hals im Wasser und befand es tief genug. Platschend ließ er den Stein falle, drehte sich um und watete an Land, wo Sven die Sanduhr umdrehte, eingetauscht von einem durchziehenden Händler gegen ein Kalb. Gisbert feixte. „Der wird sich wundern", dachte er. Noch in der Nacht, während Kasimir schlief, war er aufgestanden. Sie schliefen im gleichen großen Raum auf Svens Hof, und hatte vorsichtig das Wachs einer Kerze in das Rohr gedrückt, und mit einem Stöckchen so tief hineingetrieben, dass der Mönch es nicht bemerken würde. Wie gesagt, er meinte es nicht böse, aber Kasimir war ja sowieso überzeugt, dass der Glaube ihn retten würde.

Kasimir ertrank, jedenfalls beinahe. Er bekam Panik, als er an seinem Rohr sog, aber keine Luft bekam. Er streckte in seiner Not seine Arme so hoch er konnte empor und winkte hektisch und Sven schickte gerade noch rechtzeitig Knut ins Wasser. Die Sanduhr war noch nicht einmal halb abgelaufen und Kasimir erkannte sein Scheitern an, zog die Mönchskutte aus und wurde wieder Gaukler, was ihm eigentlich auch viel besser gefiel.

Die Leute aber in Scharbeutz und Umgebung blieben noch lange Zeit skeptisch, wenn sich ihnen wieder mal ein Missionar näherte und man wird nie wissen, ob das anders gewesen wäre, hätte Kasimirs Trick funktioniert.

Mittelalter

Ungefähr 1000 Nach Christus

Es gibt viele Filme über, und und Berichte aus dieser Zeit. Anderswo gab es Kreuzzüge…

Hier, in unserer Bucht blieb eigentlich alles beim Alten. Es kamen nicht viele Fremde hierher, aber wenn sie kamen, waren sie nicht immer willkommen.

Sehen wir, wie Enno seinen Leuten nützlich wurde, als die Wikinger kamen…

Enno

Es war noch ziemlich kalt. Anfang März, und der Winter war hart gewesen. Langsam aber sicher kam nun trotzdem der Frühling und überall zeigten sich bereits seine ersten Vorboten. Der Baum, auf dem Enno saß, hatte erste Knospen an den Zweigen und die Vögel sangen ihre Lebensfreude heraus. Enno zog das Schaffell, das ihm sein Vater mitgegeben hatte, dichter um sich.

Enno war jetzt in seinem zwölften Lebensjahr. Fast erwachsen für die Maßstäbe seiner Zeit. Ziemlich untersetzt und kräftig, wenn er auch jetzt, nach dem Winter, wie alle anderen abgemagert war, denn irgendwie reichten die Vorräte nie bis zum Frühling. Er rückte sich ein bisschen auf seiner Aussichtsplattform zurecht. Sie bestand aus ein paar Holzbrettern, die zwischen passende Äste geschoben worden waren. Umschichtig hielten hier die größeren Jungen des Dorfes Wache. Enno freute sich, dass heute die Sonne schien. Das Wasser der Bucht glitzerte und blendete seine Augen. Am Himmel zogen große Schwärme Zugvögel nordwärts. Frühling...

Er wollte sich eben seinem Beutel zuwenden, in dem er sich noch einen Kanten Brot aufbewahrt hatte, als sein Auge von etwas gefangen wurde, was da eben noch nicht dagewesen war. Er reckte sich vor und späte nach links. Sein Herz begann zu rasen, denn was er sah, hatte er schon lange befürchtet. Das ganze Dorf hatte es befürchtet. Zwei Jahre hatten sie Ruhe gehabt, waren verschont worden von dieser Pest. Der Wikinger-Pest. Nordmänner von den dänischen Inseln, die es einfacher fanden zu rauben und stehlen, als selbst etwas zu erschaffen.

Enno zählte drei Langboote und zwei Knorre. In den Langbooten saßen gewöhnlich vierzig Männer, in den kleineren Knorren je zwanzig. Enno wusste, was das bedeutete. Er musste schnellstens das Dorf warnen, denn nur eilige Flucht konnte sie noch retten. Er warf das Fell ab und suchte mit dem Fuß den ersten Ast für seinen Abstieg und als er abrutschte und fiel schrie er erschrocken auf, aber sein Schrei endete, als sein Kopf auf einem Stein aufschlug und er in Bewusstlosigkeit fiel.

Die Siedlung hätte nicht günstiger angelegt werden können. Ein langer Fjordähnlicher Einschnitt, der in einem Binnensee endete. Fruchtbare Wiesen und Felder dahinter. Strandabschnitte, die sich mit Hochufern abwechselten… Es gab sogar schon so etwas wie einen Dorfkern, wo auch die kleine Holzkirche stand. Rund dreihundert Einwohner, die nun nach und nach erwachten und sich der Tagesroutine zu widmen begannen. Zuerst das Vieh versorgen, dann sich selbst…

Berto, Ennos Vater, reckte sich, als er vor die Hüttentür trat. Er nickte zufrieden, als er die Sonne sah. Er würde beginnen können, seinen Acker zu bestellen. Hinter ihm im Inneren der Hütte, die nur aus zwei Räumen bestand, regte sich das Leben. Sarah, seine Frau, die bis vor ein paar Wochen noch Sigardis geheißen hatte, was dem Pastor missfiel und die sich hatte taufen lassen, schimpfte mit ihren Töchtern Rega und Malin, dreizehn und zehn Jahre alt, deren Aufgabe es war, Grütze zu kochen aus der Gerste, die noch vorhanden war. Sarah hatte das Opfer der Taufe für die Familie gebracht, denn es gab dafür zwei Säcke Getreide. Berto dachte an Enno und Stolz überkam ihn. Enno war auf Wache und wenn er nachher abgelöst war, würden sie zusammen auf dem Acker arbeiten. Ja, er konnte sich glücklich schätzen über seine Familie.

Sven hatte seine kleine Flotte kurz nachdem Enno sie entdeckt hatte, ans Ufer fahren lassen, wo die Schiffe knirschend am Strand aufliefen. Er wusste, dass es jetzt schnell gehen musste, denn er ging davon aus, dass Wachen wie Enno aufgestellt waren.

Er bestimmte zehn Männer, die die Schiffe bewachen sollten, was die böse knurren ließ, denn sie würden nicht selber plündern können und darauf angewiesen sein, dass Sven ehrlich teilte, was zweifelhaft war. Der Winter war auch für die Dänen lang gewesen.

Sie waren vor fünf Tagen von ihrer Heimat Langeland aufgebrochen, hatten eine Siedlung auf Fehmarn überfallen und waren nun in die Bucht gefahren, denn die Siedlung war ihnen von ihrem Überfall vor einigen Jahren in guter Erinnerung. Nicht dass es dort große Reichtümer zu holen gab, aber irgend etwas fand sich immer und ein paar junge Mädchen, die man anderswo als Slavin verkaufen konnte.

Sven war ein umsichtiger Anführer. Eine lange Narbe zog sich über sein Gesicht; Erinnerung an ein Gefecht mit einem Norweger, der das nicht überlebt hatte. Am Dorfrand teilte er seine Truppe und blieb selbst bei denen, die am Wasser entlang vorstießen. Owe umging mit fünfzig Männern den Ort und Sven gab ihm eine halbe Stunde, um seine Ausgangsposition zu erreichen.

Dann stürmten sie vorwärts. Sven war verblüfft, dass niemand zur Abwehr bereit stand. In den ersten Hütten schrien die Bewohner erschrocken auf und wichen zurück. Die rauen Nordmänner begannen ihr grausiges Werk. Männer, die sich nicht gleich ergaben wurden niedergestochen. Frauen in Ecken gedrängt und vor den Augen ihrer Kinder vergewaltigt…

Sven und der Großteil seiner Leute rannte zur Kirche, wo er sich am Ehesten Beute versprach. Dort hatte sich mittlerweile auch eine kleine Schar Bewaffneter versammelt und es entspann sich für kurze Zeit ein heftiges Gefecht, denn auch die Dörfler konnten kämpfen, wenn sie mussten. Dann erschienen Owes Männer im Rücken der Verteidiger und die Sache war entschieden.

Der Pfarrer taumelte aus der Kirche, in der einige Leute Schutz gesucht hatten und wollte um Gnade bitten, aber Sven stach ihn nieder. Er hatte gehofft, wie in anderen Kirchen zuvor, goldene Gefäße für das Abendmahl oder Ähnliches zu finden und wurde enttäuscht. Für dergleichen war die Gemeinde zu arm und so befahl er, die Kirche anzuzünden. Auf dem Marktplatz davor hatten die Wikinger inzwischen die verängstigten Bewohner zusammen getrieben, die sich in den Armen lagen und schluchzend zusahen, wie ihre Kirche in einem großen Feuer verzehrt wurde. Ein paar der Hütten in der Nähe fingen ebenfalls Feuer und so fort... Bis schließlich die halbe Ortschaft in Flammen stand.

Sven hatte alles Brauchbare aus den Hütten holen lassen und es war wenig genug. Berto hatte einen Beilhieb abbekommen, was eine tiefe Wunde in seiner linken Schulter hervorgerufen hatte. Falls er überlebte, würde er wohl seinen Arm nicht mehr heben können... Sarah, die schluchzend auf dem Boden saß, war mehrfach vergewaltigt worden. Rega und Malin standen bei den anderen halbwüchsigen Mädchen, die Sven mitzunehmen gedachte. Sie waren nicht angerührt worden, denn die Käufer legten Wert auf Jungfräulichkeit…

Enno war nach einiger Zeit erwacht. Sein Kopf schmerzte heftig und er fühlte eine mächtige Beule, wo er aufgeschlagen war. Langsam kam die Erinnerung wieder. Die Wikinger…

Taumelnd erhob er sich und schlich sich durch den Wald bis zum Rand, von wo er das Dorf sehen konnte. Was er sah, trieb ihm die Tränen in die Augen. Alles schien zu brennen. Die Kirche war schon zusammen gefallen. Aus dem Dorf drangen Schreie und Gejohle der Nordmänner. Keinen Sinn, jetzt dorthin zu gehen. Er ließ sich im Schutz der Büsche nieder und überlegte…

Sven ließ seine Männer ausruhen. Das Bier, das es in den Hütten gegeben hatte, war schnell ausgetrunken. Ein paar Schafe brieten bereits und würden eine gute Mahlzeit abgeben. Finster betrachtete er die Beute. Felle, ein paar gute Waffen, einige Sack Getreide…, nichts was sich wirklich lohnte. Bis auf die Mädchen natürlich. Zehn junge Mädchen, für die es auf Gotland einen Markt gab. Immerhin. „Zusammenpacken Männer!" rief er und einige murrten, denn sie hätten sich gern noch ein wenig mit den Frauen befasst. Die Mädchen wurden mit Stricken aneinander gefesselt, und die wenige Beute auf Handkarren geladen, dann setzte sich der Zug in Bewegung und Sarah, die sich so weit gefasst hatte, dass sie

Berto einen Verband anlegen konnte, sah weinend ihren beiden Töchtern nach, die in ein ungewisses Schicksal geführt wurden und die sie sicher nicht wiedersehen würde.

Enno war nach kurzem Überlegen losgerannt, um die Leute des Nachbardorfs zur Hilfe zu holen. Mehr als fünf Kilometer waren es bis dort, aber eine Schar Männer mit Äxten und Sensen kam ihm auf halber Strecke entgegen. Sie hatten den Rauch gesehen und sich ihren Teil gedacht. Enno berichtete, was er wusste. Ulf, der Anführer war wütend, aber er wusste auch sofort, dass seine Leute den Wikingern an Zahl und Kampfkraft unterlegen waren. „Weißt du, wo ihre Schiffe sind?" fragte er Enno, der nickte. „Dort am Strand", sagte er und wies mit der Hand in die Richtung, in der heute Pelzerhaken liegt. „Schnell, sie werden bald kommen", knurrte Ulf. Sie setzen sich in Bewegung und erreichten tatsächlich vor den zurückkehrenden Wikingern die Schiffe. Die zehn Wachposten lieferten ihnen einen heftigen Kampf, aber sie erlagen recht schnell der Überzahl. Ulf ließ unverzüglich, die Schiffe in Brand stecken und erst als die gerefften Segel in Flammen standen und die Bodenbretter zu brennen begannen, erschienen die ersten Wikinger Svens im Laufschritt aus dem Wald. Ulf befahl den eiligen Rückzug und ein Teil der Wikinger verfolgte sie, die meisten aber versuchten, die Schiffe zu löschen.

Enno, der sich ein wenig am Rand des Geschehens gehalten hatte, bemerkte, dass sich in diesem Moment niemand um die gefangenen Mädchen kümmerte. Es gelang ihm sich anzuschleichen und er zerschnitt mit seinem Dolch die Fesseln. „Lauft, so schnell ihr könnt!" rief er und sie gehorchten.

Sven der das nun bemerkte, war wütend und hin und her gerissen. Dort verschwand seine Beute, aber ohne die Schiffe waren er und seine Männer verloren, denn das war klar, auch aus den anderen Dörfern ringsum würden bald Männer kommen und dann…

Es gelang ihnen, zwei der Langboote und ein Knorr zu retten, wenn sie auch keine Segel mehr hatten. Das andere Langboot und das zweite Knorr brannten in voller Ausdehnung und waren verloren und so drängten sich die Männer, nachdem die Verfolger Ulfs und seiner Leute erfolglos zurück gekehrt waren in die verbliebenen Schiffe und ruderten in Richtung Fehmarn davon. Am Strand versammelten sich Ulfs Leute zu denen sich nun weitere Männer aus anderen Siedlungen rund um die Bucht gesellten und jubelten ihren Sieg hinaus.

Im überfallenen Dorf –heute Neustadt– wurde gelöscht und aufgeräumt. Um die Toten getrauert und die Verwundeten versorgt. Enno, der die Mädchen befreit hatte, wurde gefeiert und von diesem Tage an gab es keine weiteren Wikinger-Überfälle.

Sven, dem es peinlich war, mit angebrannten Schiffen und erfolglos heimkehren zu müssen, übertrieb in seinen Berichten maßlos die Anzahl der Kämpfer, die sich ihnen entgegen gestellt hatten und weil es andere, schutzlosere Ziele entlang der Küste gab, ließen sie fortan die Bucht, Bucht sein.

Hansezeit

Um das Jahr 1420 nach Christus

Eigentlich gehört die Hansezeit zum Spätmittelalter, aber der Begriff ist geläufig. Man verbindet damit den ersten Aufschwung des Handels und der Schifffahrt.

Städte wie Lübeck, die „Königin der Hanse" dominieren diesen Handel, aber wo Licht, ist auch Schatten.

Seeräuber treiben ihr Unwesen und wir begleiten Lothar, der mit ihnen zu tun bekommt…

Lothar

Als fünfter Sohn des Fischers Hans Mellenthin wurde Lothar geboren. Dazwischen waren noch vier Töchter in der Hütte am Strand zur Welt gekommen. Nach Kind Nummer vier war Matilde, die erste Frau des Fischers im Kindbett verstorben, nach Kind sieben Hanna, Lothars Mutter. Nun herrschte Frida in der Hütte und in Hans Bett, eine unordentliche, aufbrausende Frau, die niemand außer dem seinerzeit verzweifelten Hans nehmen wollte. Es war eng in der Hütte und die ständig schlechte Stimmung, die Frida mit ihrer Art verbreitete, trieb die größeren Kinder frühzeitig aus dem Haus, das nicht so überfüllt war, wie es sich zunächst anhört, denn von den insgesamt neun Kindern hatten nur vier die Grippewellen und die Folgen des gelegentlichen Hungers während eiskalter Winter überlebt. Ganz normal für die damaligen Zeiten und eigentlich nicht der Rede wert.

Hans besaß ein eigenes Boot, etwas, was nicht jeder Fischer hatte. Die meisten verdingten sich auf den Booten des Herrn von Neustadt, dem Ritter Meinhard von Westerrade, der sein Gut dem Bischof und seinem guten Verhältnis zur Kirche verdankte, denn das meiste Land ringsum gehörte zum Kloster Cismar, wo man sich aber nicht sonderlich für Fischfang interessierte und deshalb froh war, jemanden wie Meinhard gefunden zu haben. Nun, Meinhards kleine Flotte war direkt in Neustadt beheimatet. Hans Mellenthin und ein paar andere Fischer lebten in Haffkrug, einem kleinen Weiler mit nicht einmal zweihundert Einwohnern. Die Hälfte der Männer waren Fischer, die andere Hälfte Bauern. Die Fischer von Haffkrug hatten es schwer, denn sie konnten ihren Fang nicht in Neustadt verkaufen. Meinhard hatte strenge Gesetze erlassen, die praktisch ein Monopol „seiner" Fischer bedeuteten.

Außerdem betrieb Meinhard neuerdings ja noch sein kleines Nebengeschäft, nämlich die gelegentliche Piraterie, wenn sich die Gelegenheit bot.

Direkt in Sichtweite, vom Fenster seines Gutes aus, konnte Meinhard das jenseitige Ufer der Bucht sehen. Die großen Koggen der Lübecker Kaufleute und ihrer Handelspartner aus den anderen Hansestädten fuhren zur Sommerzeit unablässig in die Trave hinein oder hinaus. Beladen mit den Schätzen, die Lübeck in kurzer Zeit reich und mächtig hatten werden lassen. Meinhard war dort gewesen, um mit dem Senat zu verhandeln. Man baute dort an riesigen Kirchen und die reichen Pfeffersäcke ersetzen ihre Holzhäuser durch Backsteinbauten mit Verzierungen an den Giebeln.

Meinhard wollte dort um Marktrecht nachsuchen, um seinen Fisch auf den Wochenmärkten anbieten zu dürfen, aber man hatte ihn ausgelacht. „Wir haben unsere eigenen Fischer in Travemünde und entlang der Trave… Bleibt ihr auf eurer Seite der Bucht, dann kommen wir uns nicht ins Gehege!"

So hatten sie ihn abgefertigt und Meinhard war nicht der Mann, der so etwas vergaß oder hinnahm. Langsam, aber sicher setzte er seinen Plan um, den er gefasst hatte. Nach und nach erhielten seine Fischer Waffen und Ausbildung daran. Er stellte ein paar Söldner ein, die sich mit den neuartigen Kanonen auskannten und verschuldete sich, damit er ein paar davon in Hamburg erwerben konnte.

Meinhard war selbst nach Hamburg gefahren und der Mann, der ihm die Waffen verkaufte, ein ansonsten geachteter Kaufmann und Mitglied des Rates, erfasste sofort, was Meinhard im Sinn hatte. Es lag ganz in seinem und der Hamburger Interesse, wenn Lübeck nicht zu mächtig wurde und deshalb unterstütze man den kleinen Ritter, natürlich unter strengster Geheimhaltung, nur zu gern…

Die ersten Überfälle waren nur der Überraschung wegen gelungen. Meinhards Leute hatten keine Erfahrung und so fielen ihnen zuerst zwei kleine Koggen aus Riga zum Opfer die sich, so nahe der Travemündung, sicher fühlten. Fischerboote gab es überall und als ein paar davon sie in der Dämmerung einkreisten und plötzlich längsseits kamen, gab es keine Gegenwehr. Bevor der nächste Morgen graute, lagen sie schon im Neustädter Hafen und ihre Ladungen - Pelze, Bernstein und Getreide - wurden auf Ochsenkarren verladen und über die löcherige Straße, die über Segeberg nach Hamburg führte, dorthin gebracht, um von Meinhards Geschäftspartner verkauft zu werden.

Langsam bekamen die Neustädter Routine. Die zuerst erbeuteten kleinen Koggen wurden zu richtigen Piratenschiffen ausgerüstet und konnten sich nun, dank der Kanonen, auch mit den größeren Handelsschiffen anlegen.

Lothar wusste von all dem nichts, bis er eines Tages Zeuge eines solchen Überfalls wurde. Er hatte seinen Vater begleitet, der sich angesichts des schlechten Fangs der vergangenen Wochen weit nach Osten, bis in die Gegend von Fehmarn gewagt hatte, was erst selten geschehen war. Auch dort waren die Fische nicht in solchen Scharen ins Netz gegangen, dass sie zum Abend zurücksegeln konnten und Hans beschloss, da das Wetter gut war, die Nacht auf See zu verbringen und die Netze draußen zu lassen. Lothar fand es recht gemütlich auf dem sanft schaukelnden Boot. Sie hatten Brot und Leichtbier und der Mond kam gelegentlich zwischen den Wolken hervor und zeichnete Silhouetten und Bilder aufs Wasser, die seine Phantasie anregten. Hans war, wie gewohnt, schweigsam und so hielt auch Lothar den Mund.

Er schrak hoch, als ein lauter Knall die Nachtstille zerriss und er und sein Vater sahen Flammenzungen und hörten noch zweimal diesen schrecklichen Knall. Lothar spähte in die Richtung, konnte aber nur schemenhaft zwei Schiffe sehen, die nahe beieinander lagen. Etwas später schlugen dort Flammen aus einem der Schiffe, während sich das andere geisterhaft in Richtung der inneren Bucht entfernte.

„Lass uns nachsehen, vielleicht können wir helfen", drängte Lothar. Hans war nicht dafür sich dort einzumischen, aber vielleicht gab es etwas zu bergen...

So holten sie ihre Netze ein und Lothar setzte das Segel. Der schwache Wind ließ es eine Weile dauern, bis sie die Stelle erreichten, wo die brennende Kogge gerade kenterte. Hans Mellenthins Hoffnung erfüllte sich in so fern, dass sie ein paar Fässer und eine Kiste bergen konnten. Die Fässer, das fanden sie später heraus, enthielten Branntwein, die Kiste Kleider. Sie hatte wohl dem Kapitän gehört, denn es waren gute Kleider und Hans und Lothar trugen noch lange die Sachen auf.

Sie wollten schon abdrehen, als sie schwache Hilferufe hörten und dann nahmen sie einen halb ertrunkenen Mann an Bord, der sich zunächst Mal heftig übergab und nach Luft schnappte. Er hatte sich an einer Planke festhalten können und so überlebt.

Sie suchten noch eine Weile das Wasser ab, aber dieser eine Mann blieb der einzige Überlebende des Überfalls der Piraten. Nach einiger Zeit hatte er sich soweit erholt, dass er sich aufrichten konnte. Hans reichte ihm einen Becher Wasser, den der Schiffbrüchige dankbar nahm und austrank.

„Jakob Zinser", krächzte er, was wohl so etwas wie eine Vorstellung war. „Mir gehörte die Kogge…" Er blickte finster auf das nachtschwarze Wasser hinaus. „Diese verdammten Piraten. Man hat uns gewarnt, dass es jetzt in dieser Gegend welche geben soll, aber ich dachte…" Er vollendete seinen Satz nicht sondern schüttelte nur den Kopf. „Wenn man nur wüsste, wo ihr Unterschlupf ist."

Hans Mellenthin lachte. „Das können wir euch sagen", meinte er. Nachdem er nun wusste, dass der Gerettete ein wohlhabender Reeder und Kaufmann war, hatte er die vertrauliche Anrede „Du" schnell fallen lassen. „Ihr wisst von ihnen?" staunte Zinser. „Wo…" Hans wies in die ungefähre Richtung, in der Neustadt lag. „Der Ritter Westerrade in Neustadt", sagte er dann.

Zinser brütete einen Moment vor sich, dann nickte er. „Gedacht habe ich das auch schon, aber nun… Hört, könnt ihr mich direkt nach Lübeck bringen und dann vor dem Senat aussagen? Es wird euer Schade nicht sein, nein ganz gewiss nicht", bekräftigte er seine Bitte. Lothar hatte bisher nur zugehört, aber nun mischte er sich ein. „Vater, die Fische verderben uns, wenn wir ihn nach Lübeck bringen." Zinser verzog das Gesicht. „Ein schlaues Bürschchen, euer Sohn. Er denkt wie ein Kaufmann. Keine Sorge, ich ersetzte den Schaden." Lothar zuckte die Achseln und auch Hans war es jetzt zufrieden. „Lothar, setz das Segel."

Lothar tat, wie ihm geheißen und das Boot setzte sich in Bewegung. Hans kannte die Gewässer seit seiner Jugend und als der Morgen graute, standen sie dicht vor der Travemündung. Lothar war noch nie hier gewesen und starrte erstaunt die Häuser an, die sich am Ufer des enger werdenden Flusses erhoben. Auf dem anderen Ufer, auch damals schon Priwall genannt, gab es mehrere Werften, auf denen trotz des frühen Morgens bereits kräftig an den hölzernen Gerippen großer Schiffe gebaut wurde. Er konnte sich nicht satt sehen und Zinser, der es kaum erwarten konnte nach Lübeck zu kommen, erklärte ihm alles.

Der Wind blieb schwach und es dauerte bis zum Nachmittag das sie Lübeck erreichten. Hatten ihn die Häuser in Travemünde schon beeindruckt, blieb Lothar jetzt der Mund offen stehen. Die gewaltigen Türme der verschiedenen Kirchen reckten sich bis in den Himmel und Zinser wies ihn auf einen halb Fertig und von Gerüsten umgebenen Bau hin. „Sankt Marien", sagte er. Hans musste jetzt aufpassen, denn eine große Anzahl Schiffe und Boote fuhr hier scheinbar planlos hin und her. Zinser sagte ihm, er solle geradeaus fahren. „Ich habe einen eigenen Kai vor meinem Lagerhaus. Dort kannst du festmachen."

„Ihr wartet hier", sagte Zinser, nachdem sie am Kai festgemacht hatten. „Ich schicke jemanden, der euch abholt." Hans nickte und sie machten sich daran, eines der Fässer, das sie geborgen hatten, zu öffnen. Der scharfe Geruch des Branntweins schlug ihnen entgegen als sie das Spundloch eingeschlagen hatten. Hans gönnte sich einen Becher davon, aber Lothar, der auch probieren wollte, fing sich nur einen scharfen Blick seines Vaters ein.

Sie warteten einige Stunden und als der Bote endlich kam war Hans, der sich in der Zwischenzeit noch ein paar Becher zu Gemüte geführt hatte, nicht mehr in der Lage, irgendwo hin zu gehen. Der Bote war ungehalten und schimpfte, denn er hatte klare Befehle Zinsers. „Dann kommst du eben allein mit", knurrte er Lothar an, der fragend seinen Vater ansah, aber der erbrach sich gerade heftig über die Bordwand. „Los komm schon", drängte der Bote und

Lothar ging mit. Noch nie in seinem Leben hatte Lothar so viele Menschen auf einmal gesehen. Die Gassen, durch die der Bote ihn führte, schienen über zu quellen und zu alle dem fuhren auch Fuhrwerke über die Straßen und Reiter kamen unvermittelt aus Hauseingängen...

Lübeck war zu der Zeit die führende Hansestadt, wenn auch Brügge und Köln und natürlich Hamburg um diesen Rang kämpften.

Der Bote brachte Lothar vor die Tore des Rathauses, wo der ungeduldige Zinser schon wartete. Er wurde ebenfalls wütend, als er von Hans Mellenthins Zustand erfuhr und Lothar zuckte zusammen. Zinser nahm seinen Arm „Du kannst ja nichts dafür, Junge. Dann muss dein Wort eben reichen. Hab keine Angst, wenn die hohen Herren dich ansprechen."

Zinser führte ihn die große Treppe hinauf. Bis zu diesem Zeitpunkt war Lothar noch nie irgendeine Treppe hinaufgegangen, und er wurde von Minute zu Minute nervöser. Die Herren des Senats, allesamt reiche Kaufleute, saßen in ihren geschnitzten und verzierten Bänken und Zinser, der sich vor den Patriziern und dem mit einem prächtigen Umhang und seiner Amtskette geschmückten Bürgermeister verbeugte, stellte Lothar vor. Er schilderte den nach anfänglichem Desinteresse nun aufmerksam lauschenden Herren sein Missgeschick und sie alle fühlten mit ihm, denn sie waren eben

Kaufleute und ähnliches war einigen von ihnen auch schon widerfahren. Wenn auch die größeren Piratenbanden, wie die dieses Störtebeker, den die Hamburger zur Strecke gebracht hatten zerschlagen waren, nachdem auch ihre Basis Gotland von den Schweden eingenommen worden war, so gab es doch immer wieder einzelne Vorfälle in der ganzen Ostsee. So etwas wurde nur gefährlich, wenn eine Struktur dahinter stand. Jemand, der führen konnte und eine Zuflucht zur Verfügung stellen konnte.

Lothar beantwortete, so gut er konnte, die Fragen der Herren. Viel war es nicht, was er wirklich wusste, aber darauf kam es den Herren nicht an. Hier stand jemand, der gegen den bereits vorher verdächtigen Ritter von Westerrade aussagte. Das genügte.

„Ihr könnt jetzt gehen", sagte der Bürgermeister schließlich und Zinser verbeugte sich und zog Lothar am Arm hinter sich her. Er brachte Lothar, an dem er Gefallen gefunden hatte, zurück zum Boot, wo Hans sich einigermaßen von seinem Rausch erholt hatte, nachdem er eine gute Mahlzeit eingenommen hatte. „Was hältst du davon, wenn Lothar bei mir bleibt. Ich gebe ihm Ausbildung und das soll dein Dank sein, dass du mir das Leben gerettet hast." Hans schluckte. Er hatte sich mehr erhofft. Geld… und er machte einen Versuch. „Sieh, Herr. Ich brauche den Jungen auf meinem Boot. Es wird noch mindestens zwei Jahre dauern, bis sein Bruder einspringen kann…" Zinser lachte. Ihm gefiel es, dass Hans seinen Standpunkt vertrat. Er zog einen Geldbeutel, lugte hinein und nachdem er festgestellt hatte, das nicht zu viele Münzen darin waren, warf er ihn Mellenthin zu, der ihn geschickt auffing. „Abgemacht?" fragte Zinser erneut und diesmal nickte Hans. „Geh mit dem Herrn und gehorche, Sohn." Lothar war nicht geheuer, bei dem allen, und ein bisschen traurig war er auch, dass sein Vater ihn so einfach praktisch verkaufte, aber dann freute er sich auch, denn nun würde er nicht mehr in die muffige Hütte zu der keifenden Frida zurück müssen.

Hans legte ab, in der Hoffnung, die bereits seit einiger Zeit in den Bottichen lagernden am Vorabend gefangenen Fische noch verkaufen zu können, wenn auch der Inhalt des Geldbeutels diesen möglichen Verlust winzig erscheinen ließ. Fröhlich pfeifend fuhr er die Trave hinab und als er Travemünde passierte, hatte er Lothar schon halbwegs vergessen.

Meinhard von Westerrade war außer sich vor Freude. Er konnte sich nicht satt sehen an der großen silbernen Statue, die er in seinem, wenn auch kleinen Rittersaal hatte aufstellen lassen. Sie war von einem gewissen Johannes Holewer im Auftrag des Lübecker Patriziers Geswein aus der mächtigen Marienburg des

Deutschen Ordens unter glücklichen Umständen gestohlen worden. Geswein wollte durch die Spende der silbernen „Madonna von Padua" anlässlich der Eröffnung der Marienkirche all seine Sünden mit einem Schlag los werden. Johannes, der früher einmal in Diensten Meinhards gestanden hatte, hatte diesen um Rat gefragt aber dann, als die Kogge „Hella Geswina" mit der Beute ungefähr die Höhe von Wismar erreicht hatte, überfiel sie Meinhard mit seinen beiden Schiffen und tötete die gesamte Besatzung, damit kein Zeuge übrig blieb. Die „Hella" wurde verbrannt und ihre Reste trieben an den Strand…

Nun gehörte sie ihm, Meinhard von Westerrade und er würde einen fürstlichen Preis für sie erzielen, dessen war er sich sicher. Vorerst aber genoss er ihren Anblick und pries sein Glück.

„Zeit, für ein neues Abenteuer", dachte er und befahl die Schiffe klar zu machen.

So fuhren an diesem Abend keine Fischerboote aus dem Neustädter Hafen, denn die Fischer waren in Personalunion die Besatzung der beiden Raubkoggen. Meinhard, der nur bei einigen wenigen Raubzügen persönlich mitfuhr, hatte keine speziellen Informationen über ein lohnendes Ziel, aber so ein Gefühl… Bisher hatte ihn sowas selten getrogen. Sie fuhren in lockerer Formation. Die „Seeschlange", auf der er mitfuhr, und die „Seeadler". Er dachte bereits daran, sich ein drittes Schiff zuzulegen, welches dann „Seehund" heißen würde. Er schmunzelte. Vom erhöhten Heck aus übersah er das darunter liegende Deck, wo die Kanoniere sorgfältig ihre Geschütze -klein nach heutigen Maßstäben-, aber gefürchtet nach damaligen, vorbereiteten. „Segel voraus!" rief der Schiffsjunge aus dem Mastkorb und wies über den Bug. Alles lief aufgeregt zur Reling, um etwas sehen zu können, aber es dauerte noch fast eine Stunde, bis sich der Rumpf einer dickbäuchigen Handelskogge von Osten her über die Kimm schob. Der Ausguck im Mastkorb hielt die unten Stehenden beständig auf dem Laufenden.

„Lübsche Flagge!" rief er alsbald und der Kapitän nickte. „Kann uns eigentlich nicht mehr durch die Lappen gehen, der da…", meinte er. Tatsächlich hatte der Schiffsführer der Handelskogge die feindlichen Absichten der beiden kleinen Koggen schon vor geraumer Zeit bemerkt. „Sie gehen uns auf den Leim", sagte er zu dem mit Helm und Harnisch gerüsteten Offizier, der neben ihm auf dem Heck stand. Die „Walburga" war, nachdem Zinser und Lothar berichtet hatten, in Wismar auf ihre Rolle als Kaperfalle vorbereitet worden. Sechs Kanonen auf jeder Seite, die vorerst noch mit Säcken getarnt waren und über fünfzig Soldaten… Die Piraten würden ihr blaues Wunder erleben.

Meinhards Schiffe nahmen die „Walburga" in die Zange. Es dauerte lange, dieses Manöver zu vollenden, denn das Handelsschiff fuhr mit frischem Wind recht schnell und sie mussten, auch wenn ihre Schiffe beweglicher waren, mühsam aufholen. Auf der „Walburga" lagen die Soldaten in Deckung hinter der Reling und Meinhard ging bis zuletzt von einem leichten Sieg aus. Als sie fast links und rechts Position neben der „Walburga" erlangt hatten, legte Meinhard die Hände an den Mund und brüllte „Ergebt euch!" hinüber, aber der Kapitän schien nicht verstehen zu wollen. „ Ein paar Schuss ins Holz und dann entern", befahl Meinhard und die Piraten zückten ihre Säbel, während die Kanoniere ihre Kanonen richteten.

Dann aber weiteten sich Meinhards Augen. Die feindlichen Kanoniere zogen die Säcke von ihren Geschützen und feuerten sofort, noch ehe Meinhards Leute so weit waren. Auf die sehr kurze Entfernung gab es keinen Fehlschuss und entsetzt sah Meinhard, dass seine eigenen Kanonen, getroffen von den gut gezielten Schüssen der Lübecker, umstürzten, ihre Bedienung unter sich begrabend. Auf der anderen Seite schien sich das Gleiche abzuspielen, aber dort wurde zusätzlich wohl ein Pulverfass getroffen, denn es gab eine Stichflamme und eine Detonation, die augenblicklich das große Segel des „Seeadlers" in Flammen aufgehen ließ. Sie fiel sofort zurück und der Offizier der Soldaten ließ sofort auf Meinhards Schiff, die „Seeschlange" zusteuern, um sie zu entern. Der Kapitän, der neben Meinhard stand, starrte entsetzt auf die kampfbereiten Soldaten an der Reling der „Walburga" und ließ geistesgegenwärtig abdrehen, was das größere Schiff so schnell nicht mitmachen konnte. Fluchend musste der Kapitän der „Walburga" einsehen, dass ihnen dieses Schiff wohl entkommen würde, ließ dann aber Kurs auf den teilweise in Flammen stehenden „Seeadler" nehmen und diesen nach kurzem Kampf besetzten. Meinhard wollte so schnell nicht aufgeben und drängte den Kapitän, ihren Kumpanen zur Hilfe zu kommen, musste aber einsehen, dass die Lübecker zu stark waren.

So fuhren sie verzagt und ärgerlich nach Neustadt zurück, wo es an diesem Abend in vielen Hütten und Katen Tränen und Verzweiflung gab, denn die Männer auf dem „Seeadler" waren nun verloren. Auf der „Seeschlange" hatte es nur ein paar wenige Tote und Verwundete gegeben, aber Meinhard war tief schockiert. Nicht so sehr der Verlust traf ihn, sondern das sein Gefühl ihn getrogen hatte und am selben Abend noch besuchte er die alte Gisela, die Hebamme war, aber auch die Glaskugel zu lesen verstand und was sie ihm sagte, war nichts Gutes.

In Lübeck wurde der Sieg gefeiert, wenn man sich auch mehr erhofft hatte. „Hab ich´s nicht gesagt"; meinte Geswein, der zu mindestens zwei Schiffen geraten hatte, aber Zinser hielt dagegen.

„Dann wären die gar nicht näher gekommen. Den anderen schnappen wir auch noch."

Anderntags wurde Gericht gehalten. Von den rund vierzig Männern an Bord der „Seeadler", die nach dem Löschen des Brandes von der „Walburga" nach Lübeck geschleppt worden war, waren Neunzehn bei dem Kampf getötet worden, zwei lagen im Sterben, so dass nun ebenfalls Neunzehn Piraten, einige mit durchbluteten Verbänden, vor den Schranken des Gerichts standen. Vor dem Gebäude hatte sich eine Menschenmenge versammelt, die lautstark den Tod der Piraten forderte und so kam es dann auch.

Am nächsten Tag war der Marktplatz neben dem Rathaus überfüllt. Das hölzerne Schafott, das jeweils extra zu diesem Zweck aufgebaut wurde, stand zentral und erhöht in der Mitte des Platzes, damit auch die hinten Stehenden einen guten Blick auf Todeskandidaten und den Henker hatten. Fliegende Händler und Gaukler nutzten die Gunst der Stunde, denn so etwas gab es ja nicht alle Tage.

Henker Vrielinghaus hatte sein Schwert gut geschärft und, aber nach dem zehnten kraftvollen Schwung, der jeweils den Kopf eines Piraten in den bereitstehenden Weidenkorb kollern ließ, musste er eine Pause einlegen, was besonders für die noch anstehenden Kandidaten, eigentlich ja Fischer aus Neustadt, grauenvoll war. Die

Zuschauer, die jeden Hieb mit Jubel begleitet hatten, erfrischten sich ebenfalls an den von den Händlern angebotenen Getränken und dann ging es weiter. Nummer elf, ein älterer Mann namens Harald, wurde nach vorn gezerrt, gezwungen sich hinzuknien und seinen Kopf auf den Haublock zu legen. Vrielinghaus nahm Maß und ließ die scharfe Klinge seines Richtschwertes, die er in der Pause sorgfältig vom Blut der bereits abgefertigten Piraten gereinigt hatte, durch die Luft sausen. Mit einem kurzen schmatzenden Laut durchtrennte sie Haut, Knorpel, Fleisch und Knochen und Haralds Kopf fiel auf die seiner Kumpane...

Vrielinghaus war sichtlich erschöpft, nachdem er fertig war, hatte aber, während einige Tagelöhner, das Schafott reinigen und abbauen mussten, noch eine Kleinigkeit zu erledigen. Er ging in Begleitung eines Stadtschreibers, der als Zeuge dabei sein musste, ins Heilig- Geist- Hospital, wo die beiden schwer verwundeten Piraten lagen und auch die Nonnen sahen mit einem wohligen Grauen zu, wie der Henker die beiden Piraten- einer war bewusstlos- erdrosselte.

Meinhard von Westerrade dachte gar nicht daran, das bisher lohnende Geschäft aufzugeben, auch nicht, nachdem er ein offizielles Schreiben des Lübecker Senats erhalten hatte, welches ihn eben dazu aufforderte. Da er selbst nicht lesen konnte, musste es ihm der Pfarrer vorlesen und Meinhard, der beim Zuhören wütend wurde, versetzte dem heiligen Mann einen derben Tritt, was er später noch bereuen sollte.

Lothar hatte indessen seine Lehre in Zinsers Lagerhaus begonnen. Er stellte sich sehr geschickt an und als das Jahr fort schritt, nahm ihn Zinser mit auf eine Handelsreise nach Bardowick, wo es dem hart verhandelnden Patrizier gelang, eine große Ladung Salz, welches in Schonen für das Pökeln von Heringen heiß begehrt war, zu erwerben. Es wurde eine Kogge ausgerüstet und Lothar war an Bord, als sie Ende August schwer beladen auslief.

Es wurde eine aufregende Zeit für Lothar, dem ja die Seefahrt in die Wiege gelegt worden war, aber dieses große Schiff unterschied sich schon sehr von den Fischerbooten, die er bisher kannte. Er lernte schnell und Kapitän Wedemann ließ ihn oft ans Steuer, was ihm besonderen Spaß bereitete. Sie erreichten ihr Ziel Ystadt sehr schnell, löschten die Ladung und nahmen Neue, im Wesentlichen Eisenerz und Stockfisch in Fässern, die entsetzlich stanken und deshalb an Deck gestaut wurden.

Auch die Rückfahrt verlief ruhig und schnell, aber schon in Travemünde, wo sie kurz anlegten, weil den Kapitän arges Zahnweh plagte und er den Bader besuchen wollte, hörten sie von der erneuten Kaperung eines Schiffes durch den Neustädter.

Wedemann überließ es im Wesentlichen Lothar das Schiff nach Lübeck zu bringen, denn er selbst war, nach brutalem Ziehen zweier Backenzähne, dazu nicht in der Lage.

Die Geduld der Lübecker war nun aber am Ende und so fand sich Lothar, der mit seinem Vater oft in Neustadt gewesen war, als Berater und Pfadfinder des kommandieren Offiziers der Stadtgarde wieder, die noch durch ein paar erfahrene Söldner aus Mecklenburg verstärkt wurde. Per Schiff ging es nach Travemünde, dann auf dem Landweg die Küste entlang über das Brodtener Ufer, durch die kleinen Orte Niendorf, Timmendorf und Scharbeutz , wo die Truppe –gut zweihundert Mann- lagerte.

Peter Bodewerg, dem der Senat das Kommando übertragen hatte, rief Lothar zu sich. „Du weißt also, wie wir ungesehen an den Ort herankommen?" Er hatte, wenn er diesen jungen Burschen so ansah, so seine Zweifel. Seine Truppe bestand aus den besten Männern der Stadtgarde. Über die Mecklenburger Söldner wusste er nichts; sie sahen aber ebenfalls recht kampferfahren aus. Er rechnete damit, dass dieser Ritter Meinhard wohl auch so viele Männer aufbieten konnte, aber er schätzte, dass diese Handwerker, Fischer und Bauern sich nicht mit seinen Leuten messen konnten.

„Ja, Herr", antwortete Lothar. Wenn es uns gelingt, die Brücke am Hafen   zu erobern, können wir direkt zum Gut des Ritters vorstoßen, das auf den Hügeln über dem Meer liegt. Es hat Mauern, aber die sind nicht hoch und ich weiß, dass es nach hinten heraus, wo der Wald beginnt, Löcher gibt."

Bodewerg nickte. „Nun gut, ruh dich noch ein bisschen aus. Wir marschieren um Mitternacht weiter, damit wir sie im Morgengrauen überraschen."

Der Plan, Meinhard gänzlich zu überraschen war gut, leider aber schon gescheitert. Ein Fischer aus Niendorf, dem Meinhard einmal einen Gefallen getan hatte, fühlte sich genötigt, das jetzt auszugleichen. Er hatte die Lübecker durchziehen sehen und zufällig das Gespräch zweier Soldaten belauscht, das sie führten, während sie sich an seiner Hauswand erleichterten. „Wir werden es diesem Ritter schon zeigen…" hatten sie gespottet und gelacht.

Meinhard von Westerrade wusste, was die Stunde geschlagen hatte, nachdem der Niendorfer Fischer ihn gewarnt hatte. Es gab keine Zeit zu verlieren und in aller Eile schickte er seine besten Leute mit dem Auftrag los, seinen Schatz, unter anderen Gegenständen die silberne Madonna von Padua, am Steilufer nahe Sierksdorf zu vergraben. Nach seinem Sieg über die Lübecker, von dem er überzeugt war nachdem er hörte, dass es nur zweihundert Mann seien, würden sie alles zurück bringen. Er ließ den Leuten im Ort ausrichten, dass sie am nächsten Morgen zum Gut kommen sollten, um sich zu bewaffnen und ihre Stellung einzunehmen, Er rechnete mit einem Angriff der Lübecker zur Mittagszeit des nächsten Tages, da sie ja wohl den unwegsamen Waldsaum an der Küste nicht bei Nacht durchqueren würden.

Es wurde ein leichter Sieg für Bodewergs Truppe. Lothar hatte sie über Feldwege, die er sein Leben lang kannte, an die Schwachstellen der Neustädter Verteidigung gebracht. Es war noch vollständig dunkel, als die ersten Lübecker die Brücke überrannten und die Wachposten niederstachen. Besonders die Mecklenburger steigerten sich schnell in einen Blutrausch und Bodewerg hatte alle Mühe sie wieder unter Kontrolle zu bekommen, nachdem sie die bewaffneten Leute Meinhards erledigt hatten. Der Ritter selbst starb auf der Flucht. Er versuchte mit einem Boot zu entkommen, aber ein Armbrustschütze hatte einen guten Tag und traf...

Es wurde geplündert und gebrannt schatzt, auch Vergewaltigungen und andere Grausamkeiten gab es, aber am Ende des Tages war die Ruhe im Ort wieder hergestellt. Bodewerg ließ, enttäuscht von der geringen Beute, alles durchsuchen. Man hatte in Lübeck große Erwartungen gehabt und sein persönlicher Anteil war eben prozentual an die Höhe der Beute geknüpft...

Meinhard von Westerrade und alle, die am Versteck des Schatzes beteiligt gewesen waren, waren tot und so blieb der

Schatz verschwunden, bis ein gewisser Konrad Eisler ihn 2012 beim Vergraben seines toten Hundes zufällig fand , aber das ist eine andere Geschichte, die in meinem Roman „Madonnengrab" geschildert wird.

Die Lübecker zogen ab und überließen die Neustädter sich selbst und Jakob Zinser erhielt für die guten Dienste seines Lehrlings Lothar eine Belohnung, die er für sich behielt. Lothar blieb in seinen Diensten und wurde nach und nach befördert. Er beschloss seine Karriere als Aufseher des großen Kaispeichers Zinsers, heiratete zweimal, hatte insgesamt acht Kinder und verschied schließlich an den Folgen der Pest, die Lübeck 1462 heim suchte.

Ausgehendes Mittelalter/Neuzeit

Wir sind im Jahr 1580 nach Christus.

Es ist eine schlimme Zeit für Leute, die etwas anders sind als Andere…

Die etwas können, was nicht jeder kann…

Kann das sein? Muss da nicht der Teufel seine Hand im Spiel haben?

Gerade den Leuten, die Meinungsmacht ausüben (das waren zu dieser Zeit in besonderem Maße die Geistlichen), dürfen so etwas natürlich nicht zulassen.

Schauen wir, wie es Therese ergeht…

Therese

Was genau ist eine Hexe? Wie wird man es? Wem nutzt/schadet eine Hexe? Diese Fragen sind für uns…- Heute - zwar interessant, aber nebensächlich. Damals aber…

Therese hatte ihr Leben lang hart arbeiten müssen. Ihre Eltern waren zwar liebe, nette Leute, konnten sich aber das Kind, das ihrer Liebe und Zuneigung entsprang, nicht ernähren und so legte die junge Mutter, selbst kaum 16Jahre alt, ihr gerade geborenes Mädchen vor dem Pastorat ab, klopfte an die Tür und rannte davon.

So etwas war nicht unüblich im 16.Jahrhundert. Das Pastorat der Kirche in Ratekau war noch recht neu und Pastor Melchior Rüffel hatte seine liebe Not, die gelegentlichen Findelkinder, wie dieses, unterzubringen. Therese kam zu dem Schafbauern Meier, wuchs inmitten dessen eigenen sechs Kinder auf und musste arbeiten. Von klein an und nicht wenig. Sie liebte Schafe, besonders die Lämmer und wenn im frühen Frühling die Neuen kamen, verbrachte sie die Nächte im Stall, um ja keine Geburt zu verpassen. Meier lehrte sie einiges, aber mit der Zeit überflügelte – weil sie ein Gefühl dafür hatte – die kleine Therese ihren Lehrmeister und Ziehvater. War ein Schaf krank, pflegte es Therese. Sie sammelte Kräuter, versuchte dies und das und manchmal gelang die Therapie.

So häufte sie Wissen an, das den anderen Mädchen/Frauen verborgen blieb. Da sie klug war, lernte sie auch, ein gewisses Geheimnis und Brimborium aus ihrem Wissen zu machen. Ihr Hang, sich ein wenig exotisch zu kleiden, soweit das möglich war, und ihre Haare mit dem Sud von nur ihr bekannten Kräutern zu färben, tat ein Übriges. Als sie vierzehn war, verging sich ihr Ziehvater Meier an ihr und Meiers Frau, die das ziemlich schnell mit bekam, machte nicht ihren Mann, sondern das Mädchen dafür verantwortlich.

Therese musste das Haus und den Ort verlassen und wanderte, traurig, weinend und allein an die Küste, wo sie, nachdem sie an wohl zwanzig Türen geklopft und um Arbeit gefragt hatte, auf dem Hof des Bauern Rolhff landete. Sie hatte angegeben, Schafhirtin zu sein und… Fürwahr, das konnte sie. Rolhff hatte eine große Herde und Therese verlor in den folgenden Jahren nicht ein Lamm, und lag es vor der Geburt noch so quer.

Dies alles machte sie nach und nach zur Hebamme auch für die Frauen der Gemeinde, denn der nächste Doktor praktizierte in Travemünde und die alte Rosa, die das Amt bisher inne gehabt hatte, war dem Likör verfallen und nicht immer zitterfrei.

Therese hatte eben eine schnelle Auffassungsgabe und der Begriff Marketing, der erst viele Jahrhunderte später erfunden wurde, hätte gut zu ihr gepasst.

So ging das über Jahre. Therese gewann Ruf und Ansehen, wenn dem Einen oder der Anderen auch schleierhaft blieb, was sie da machte. Der Erfolg sprach für sie.

Dann kam der neue Pastor in Klingberg an und kehrte mit eisernem Besen den Schlendrian aus, den sein fauler Vorgänger, der an einem Hühnerknochen erstickt war, hatte einkehren lassen. Die Bauern und Fischer der Gegend –Das Kirchspiel Klingberg erstreckte sich von Timmendorf über Scharbeutz, Haffkrug, Pönitz und Gleschendorf, nahmen das mehr oder weniger achselzuckend hin aber, wie immer, waren es die Frauen, die Pastor Rickers Wirken zum Erfolg brachten. Er konnte eben mit Frauen…außer mit Therese. Gleich zu Anfang kam sie ihm in die Quere.

Vadder Mörs lag im Sterben und Rickers war geholt worden, um ihm die letzte Ölung zu geben. Alles lief wie geplant, bis diese Therese hereinschneite, vom Sohn Mörs gerufen, und dem Alten unter den Augen des für dessen arme Seele betenden Pastors ein Tränklein einflößte, was den Alten binnen zweier Tage quicklebendig aus dem Bett springen ließ.

So etwas ging gar nicht und Therese verstand einfach nicht, was Rickers von ihr wollte, als er sie einbestellte und ihr Vorhaltungen machte. Andere Vorfälle ähnlicher Art folgten und Rickers sah seine Autorität ernsthaft in Gefahr, denn… Wo kommen wir da hin?

Dann kam hinzu, dass Therese sich verliebte. Nicht in irgendwen, sondern in Thorsten Klamroth, einen der reichsten Bauern im Ort. Kurz darauf starb Klamroths Frau unter seltsamen Umständen und für Rickers war der Fall klar. Hier, unter seinen Augen, trieb eine ausgewachsene Hexe ihr satanisches Spiel. Er begann ein Netz von Informantinnen zu rekrutieren. Den Frauen war Therese ja nun hinreichend suspekt nach dem Vorfall mit Klamroths Frau. Hatte sich nicht auch **ihr** Mann lange mit dieser Frau unterhalten? Warf sie nicht „Blicke" unter ihren getuschten!!! Wimpern?

Rickers musste schon recht haben, so wie **Die** sich aufführte. Aber es ist nicht so leicht, jemanden der Hexerei zu überführen, weil die –ist ja bekannt – nun mal mit dem Teufel im Bund sind...

Als Rickers einmal im Kloster Cismar zu einem Seminar weilte, sprach er das Thema an und Bruder Wilfried, der die Fortbildung leitete war, jedenfalls theoretisch, ein begeisterter Hexenjäger. Nach Abschluss des Seminars, beim Umtrunk, lud Rickers Wilfried ein, der gern zusagte.

Es gelang Rickers, die arglose Therese zu sich zu bitten, während Wilfried in Klingberg zu Gast war. Therese gab bereitwillig über ihre Herkunft Auskunft, als Rickers danach fragte und als sie weg war nickte Wilfried gewichtig mit dem Kopf. „Als Baby abgelegt vor dem Pastorat, wahrscheinlich vom Teufel selbst und seiner Buhlschaft, um den Herrn herauszufordern…" „Und wie kommen wir ihr bei?" fragte Rickers. Wilfried versprach, ihm ein Exemplar der bekannten Anleitungsschrift für Hexenbeseitigung „Der Hexenhammer" zu schicken, von denen er mehrere Exemplare besaß.

Es dauerte aber noch über ein Jahr - Rickers hatte den „Hexenhammer" besser verinnerlicht als die Bibel - bis das Jüngste Gericht für Therese stattfinden konnte. Klamroth hielt seine Hand über sie, weil **ihre** Hand und andere Körperteile ihm solche Wonnen bereitete.

Es fing damit an, dass eine Viehseuche ausbrach, die alle Bauern zu betreffen schien, außer Klamroth. Seine Herde schien immun zu sein, was aber wohl daran lag, dass die Tiere ziemlich isoliert in den Salzwiesen weideten.

Einige der Bauern riefen Therese, die aber in diesem Fall nicht helfen konnte und man legte ihr das so aus, dass sie Klamroth einen wirtschaftlichen Vorteil verschaffen wollte. Dann starb ein Säugling, den Therese auf die Welt geholt hatte und der hatte so eine komisch rote Farbe, nachdem Therese ihn berührt hatte…

Klamroth trieb seine Schafherde, die einzig verbliebene des Dorfes, nach Ahrensbök auf den Viehmarkt und als er weg war, holten die anderen Bauern Therese ab. Sie wurde nach Klingberg gebracht, wo

Rickers und Bruder Wilfried über sie zu Gericht saßen. Zuerst wurde sie allein von dem Pastor und Bruder Wilfried in die Zange genommen. Die Frauen und Männer der Dörfer mussten draußen warten. Therese war ja nicht dumm und merkte schnell, in welche Richtung der Hase lief. Sie wurde recht einsilbig und Rickers wurde langsam ungeduldig. Im „Hexenhammer" hatte gestanden, man solle die Kandidatinnen einer Tortur unterziehen, was auch genau beschrieben wurde, aber er konnte sich nicht so recht dazu durchringen, Therese mit der Kaminzange zu kneifen, oder mit heißem Wasser zu übergießen.

Nun war ja die Anleitung auch vor nahezu 200 Jahren verfasst worden, als noch andere Zeiten herrschten. Selbst Bruder Wilfried war ratlos, meinte aber nach einiger Zeit, man könne das Verfahren getrost abkürzen, denn die Tatsachen sprächen ja hinlänglich für sich. Therese wurde vorerst in der Sakristei eingesperrt, während die beiden Hirten die draußen wartende Herde in die Kirche einließen. Ein bisschen war Rickers im Laufe des Verhörs unsicher geworden, aber Wilfried feuerte ein Meisterwerk an Rhetorik auf die nahezu atemlos zuhörenden Landleute ab. Endlich war mal etwas los in ihrem ansonsten recht langweiligen Leben.

Bruder Wilfried hatte sich in Rage geredet. „ ...und darum, so spricht der Herr, wehret dem Satan und seiner Brut und reinigt die

Seelen der Verführten im Feuer…" Er ließ das ein wenig einwirken, dann wiederholte er mit Nachdruck. „Im Feuer !!!!" „Im Feuer", wiederholte Marliese Wilmers, deren drei Kinder Therese zur Welt gebracht hatte. „Im Feuer!!!" rief die Gemeinde im Chor und sie steigerten sich in eine Lautstärke, die es hier noch nie gegeben hatte.

Angestachelt von ihren Frauen rannten ein paar Männer hinaus und begannen einen Scheiterhaufen zu errichten. Keiner wusste so recht, wie das aussehen musste, aber dann schichteten sie einfach Kaminholz von Rickers Holzvorrat auf trockene Äste vom Waldrand. Dies alles um den Kirschbaum im Garten. Sowas geht schnell, wenn genügend Leute mitmachen und nach einer Weile holten sie Therese aus der Sakristei. Sie hatte ja mitbekommen, was da in der Kirche ablief und beinahe wäre es ihr gelungen, die Hintertür aufzubrechen, was ja wohl ein Leichtes gewesen wäre, wenn sie wirklich eine Hexe gewesen wäre…

Sie wurde gepackt und in den Garten gezerrt. Man war sich zunächst uneinig, ob sie nackt an den Baum gebunden gehörte, wofür die meisten Männer waren, aber Wilfried, der eine Abbildung in seinem „Hexenhammer" hatte, auf der eine Hexe auf dem Scheiterhaufen in ihrem Kleid gezeigt wurde, setzte sich durch. Man band Therese mit Stricken an den Kirschbaum, an dessen

Ästen und Zweigen noch vereinzelt Blüten die Szenerie verschönerten. Therese war wie gelähmt und konnte nicht so recht an die Ernsthaftigkeit ihrer Situation glauben. Rickers sabbelte fortwährend irgendwelche Gebete vor sich hin und Wilfried fuhr damit fort, den Leuten die richtige Inbrunst zu vermitteln. Die Leute waren eindeutig im Blutrausch und dann riefen alle wieder „Feuer! Lasst die Hexe brennen...!" Marliese, die sich in der Kirche schon hervor getan hatte, lief in die Küche des Pastorats, wo zum Glück Glut im Herd war, entzündete einen hinlänglich großen Span und schirmte das kleine Feuerchen behutsam mit der Hand, während sie es hinaus trug. „Au!" schrie sie, als draußen durch die Zufuhr frischer Luft die Flamme unvermittelt wuchs und sie sich den Daumen verbrannte.

Bruder Wilfried nahm ihr den Span aus der Hand und wollte noch ein paar markige Worte sagen, lief aber angesichts des sich drastisch verkürzenden Spans ebenfalls Gefahr sich zu verletzen und hielt ihn an den Unterbau aus Ästen, auf dem Kaminholz und Therese der Verbrennung harrten.

Therese schrie, aber alle anderen auch. „Hilfe!!!" schrie Therese, die anderen „Ins Feuer mit der Hexe!!!"

Nachdem der erste etwas dickere Scheit endlich Feuer gefangen hatte, ging alles recht schnell. Flammenzungen loderten auf und

Thereses Kleid brannte. Sie schrie jetzt keine Worte mehr, sondern nur noch ihren Schmerz hinaus, denn die Haut ihrer Beine war schon verbrannt. Einen ganz kurzen Moment lang kamen diejenigen zu ihrem Recht, die dafür gewesen waren Therese nackt zu sehen, Ein Windstoß blies den Rauch weg und zeigten den inzwischen doch ein wenig betroffenen Leuten Therese, nun ohne Kleid, dafür mit rotem und verkohlten Fleisch, den Haarschopf in Flammen...Dann hüllte wieder dicker schwarzer Rauch alles ein.

Nun war Therese still, denn sie war bewusstlos geworden. Das mächtiger werdende Feuer beendete ihr Leben, ohne dass sie noch einmal erwachte und als Rickers, der fasziniert neben Bruder Wilfried stand sich umdrehte, stellte er fest, dass sie allein waren. Die Leute waren alle weg. Manche liefen, als wäre der Leibhaftige hinter ihnen her, andere stolperten davon. Einige mussten sich übergeben...

Stunden später vergruben die beiden Gottesmänner Thereses Reste an der Friedhofsmauer. Bruder Wilfried machte sich auf den Weg nach Cismar. Auch er ein bisschen ernüchtert, denn es war nicht so gewesen, wie er es sich vorgestellt hatte.

Rickers war schlecht. Er legte sich frühzeitig ins Bett, konnte aber erst schlafen, nachdem er zwei Flaschen Wein getrunken hatte.

Thorsten Klamroth, dem sein Nachbar die ganze Geschichte nach seiner Rückkehr erzählt hatte, war so aufgebracht, dass er sofort nach Klingberg ging. Er riss die Tür des Pastorats auf, fand Rickers schnarchend im Bett und erschlug ihn mit der leeren Weinflasche. Dann legte er Feuer an alle vier Ecken und ging nach Hause.

Neuzeit

Wir schreiben das Jahr 1806

Die Schlacht bei Jena ist schlecht ausgegangen für die Preussen.

Die Reste des Heeres sind nach Norden ausgewichen und Napoleons Truppen verfolgen sie.

Lübeck fällt und die letzten Regimenter lagern bei Ratekau.

Eigentlich ist man schon auf dänischem Gebiet und die Miliz versucht, die Grenze zu sichern. Einer dieser Milizionäre ist Franz…

Franz

Und das war die Lage am 6. November 1806. Die französischen Truppen unter der Leitung des Grafen Bernadotte hatten Lübeck eingenommen. Die Generäle Scharnhorst und Yorck waren zusammen mit tausenden preußischen Soldaten in Gefangenschaft geraten. Den Generälen Blücher und Gneisenau jedoch war es gelungen, nach Norden zu entkommen und hofften nun, eine Linie von der Mündung der Trave bis Schwartau halten zu können. Dazu hatten sie aber bedenklich wenig Truppen, nämlich nur ungefähr 9000, dazu ziemlich abgekämpfte und resignierte Soldaten. Jedoch gelang es Blücher, durch geschickte nächtliche Verschiebungen ganzer Einheiten den französischen Spähern einen falschen Eindruck von der tatsächlichen Kampfkraft seiner Truppen zu suggerieren.

Bernadotte war ungeduldig und wollte diesen Feldzug schnell beenden, weshalb er seine Offiziere zu einer schnellen Entscheidungsschlacht drängte, wovor diese jedoch warnten, denn sie gingen von weit über 20.000 Preußen aus, die Blücher aufbieten konnte.

In dieser Lage erhielt der schon zuvor durch seinen Wagemut und Tatkraft aufgefallene Jaques Leblanc einen Auftrag. „Finden sie die wahre Stärke der Preußen heraus. Wie sie das machen, ist ihre Sache!" befahl Oberst Magout seinem Untergebenen.

Jaques war klar, dass er irgendwie in den Rücken des Feindes gelangen musste, dessen Hauptquartier in dem Dorf Ratekau liegen sollte. Durch die Front schlüpfen war vielleicht möglich, aber riskant. Er studierte die Landkarten und nach einigem Abwägen entschied er sich für eine nächtliche Landung in der Bucht, in die sich die Trave ergoss; nahe einer kleinen Ortschaft, die die Bezeichnung Scharbeutz trug…

Franz Müller arbeitete auf dem Hof seines Bruders Josef. Als Drittgeborener hatte er nicht viel Auswahl, aber es gefiel ihm recht gut. Nebenbei diente er in der Bürgermiliz des Barons von Heising, dessen Gut sich im nahen Luschendorf befand. Fast ganz Holstein gehörte zum Königreich Dänemark, das sich im Krieg Preußens gegen das napoleonische Frankreich neutral verhielt, gleichwohl und auch aus mangelnden Machtmitteln heraus gestattete, dass sich nun die restliche preußische Armee auf seinem Gebiet befand.

Franz war durch einen Boten des Barons einberufen worden. Gleich ihm standen einige Hundert schlecht ausgerüstete Milizionäre bereit, einem weiteren Einsickern der Preußen oder der Franzosen entgegen zu treten. Nachrichten waren spärlich und Franz, der frierend –der November gab sich in diesem Jahr kalt – seine Wache am Ostseestrand ging, wusste nicht einmal genau, wer da gegen wen und warum im Streit lag.

Ein wenig spannend war es am vergangenen Morgen gewesen. Franz und einige seiner Freunde hatten beobachtet, wie sich einige Segelschiffe der Travemündung näherten. „Franzosen", meinte der Unterleutnant Hinz, der die Milizeinheit kommandierte, ein Fernrohr besaß und die Flaggen deuten konnte. Die Schiffe versuchten, in die Travemündung einzudringen, wurden aber heftig von den bei Brodten stehenden preußischen Kanonen beschossen und schossen zurück, was eine gewaltige Pulverdampfwolke über das Gebiet legte. Dann waren noch andere Schiffe erschienen. „Engländer", schrie Hinz aufgeregt. Das kleine Geschwader der mit Preußen verbündeten Engländer war in den Rücken der Franzosen gelangt und schoss nun aus allen Rohren auf die Franzosen, die sich in dieser Zwangslage dazu entschlossen, trotz des preußischen Feuers nach Travemünde durchzubrechen, wo schon Truppen Bernadottes Travemünde genommen hatten.

Später am Tag wurden einige Leichen bei Scharbeutz angetrieben und Franz und die Anderen mussten sie aus dem Wasser bergen. Sie konnten nicht feststellen, ob Franzosen oder Engländer. Sie trugen keine Uniformen, waren also wohl einfache Seeleute gewesen, die es da erwischt hatte.

Jaque Leblanc begab sich in Travemünde an Bord der soeben eingelaufenen Brigg „Fleur", einem Kriegsschiff mit 16 Kanonen unter Capitaine Monet. Er empfing Jaque, war aber zunächst unwillig ihm zu helfen. „Sie sehen ja", schimpfte er und wies auf die Schäden an seinem Schiff, den der Beschuss angerichtet hatte. „Ein Boot, mon Commandant. Ich habe direkte Befehle des Generals", bestand Jaque auf seinen Wunsch.

So lief in der Nacht ein Fischerboot, dass Monet im Travemünder Hafen beschlagnahmt hatte, mit einer kleinen Mannschaft der „Fleur" sowie Jaque Leblanc aus. Sie wurden vom preußischen Wachposten auf dem Brodtener Hochufer entdeckt und es wurde Alarm gegeben, aber der zuständige Offizier winkte ab, als er das in einem jämmerlichen Zustand erscheinende Boot sah. Die Engländer hatten sich etwas zurückgezogen und das dänische Wachschiff, das alles beobachten sollte, lag bei Neustadt vor Anker.

So gelangte Jaque Leblanc ungesehen zwischen Timmendorf und Scharbeutz an Land. Die dänische Miliz – Franz hatte gerade Pause – bemerkte nichts. Das Boot entfernte sich etwas vom Ufer. Man sollte auf ein Zeichen Leblancs warten und die gelangweilte Mannschaft begann zu angeln.

Jaque, in geflicktem Zeug gekleidet, machte sich auf den Marsch in Richtung Ratekau. Bei Hemmelsdorf lief er einer Patrouille der dänischen Miliz in die Arme, aber Jaque, der aus dem Elsaß stammte und perfekt deutsch sprach, redete sich heraus. „Ich muss zu meiner Braut nach Ratekau, Kameraden", sagte er und einer der Männer erklärte ihm, wo er ungesehen die preußischen Wachen umgehen könne...

Nun war es so, dass die Preußen, die in ihrer Lage nicht wählerisch sein konnten, jeden halbwegs gesunden Mann in ihren Dienst pressten, wenn sie ihn auch kaum ausrüsten konnten. Jaque, der sich vorsichtig verhielt, sah Leute, die nur anhand von Armbinden als Soldaten erkennbar waren und mit Hacken und Dreschflegeln „bewaffnet" waren... Unauffällig kam er mit ein paar dieser Hilfskräfte ins Gespräch und erfuhr, dass es, bis auf ein Getreidelager am Dorfrand, keine nennenswerte Vorräte mehr gäbe und mehr und mehr Soldaten desertierten...

Die meisten Soldaten haben wenig Initiative und tun nur, was ihnen befohlen wird... Jaque war da anders. Heute würde man ihn einen Kommandosoldaten nennen. Jemanden, der selbstständig Gelegenheiten ergriff, wenn sie sich boten.

Die Scheune erwies sich als gut bewacht aber Jaque, der geduldig in einem Versteck wartete, fand die erhoffte Gelegenheit, als ein kleiner

Trupp Soldaten, die der Hunger trieb versuchten, durch den Vordereingang in die Scheune einzudringen. Es gab einen Tumult, Schüsse fielen, Schreie…

Jaque riss ein paar lose Bretter aus der morschen Rückwand und konnte sein Glück kaum fassen. Er stand sozusagen direkt vor einer Wand aus staubtrockenem Getreide und Heu. Schnell zückte er sein Feuerzeug, und drehte hektisch am Feuerstein, bis ein kleines Flämmchen erschien, das er an die Halme hielt. Fasziniert sah er, wie das Getreide sich zunächst dunkel verfärbte und dann fast explosionsartig in Flammen aufging. So schnell geschah das, dass eine Flammenzunge über sein Haar leckte und er schrie auf. Sich schnell zurückziehend, erstickte er die Flamme mit den Händen, aber er würde wohl längere Zeit keinen Friseur mehr brauchen. Sein schneller Rückzug war aber nicht unbemerkt geblieben. „Halt, wer da", wurde er angerufen und rannte um sein Leben. Die Preußen schossen und Jaque spürte einen Schlag im Rücken, konnte sich aber in den nahen Wald retten.

Die Preußen verzichteten auf eine Verfolgung, denn nun ging die ganze Scheune mit den wertvollen Lebensmitteln in Flammen auf und jeder verfügbare Mann versuchte zu löschen, was nicht mehr zu löschen war.

Jaque befühlte seinen Rücken und seine Hand war blutig und klebrig, als er sie zurück zog. Er blieb einige Zeit liegen, aber er wusste, dass er hier weg musste. Am Nachthimmel war der Widerschein des mächtigen Feuers zu sehen, das er ausgelöst hatte. Langsam und vorsichtig bewegte er sich vorwärts. Seine Wunde war nur ein Streifschuss und als der Morgen graute, sah er den Strand vor sich, von dem er aufgebrochen war. Das Boot sollte eigentlich in der Nähe warten, wobei die Mannschaft fischen vortäuschen sollte. Er musste sich bemerkbar machen. Er fand einen trockenen Ast und entzündete ihn, um ihn als Signalfackel zu benutzen.

Franz hatte diesen Dienst satt. Hundert Schritt in diese Richtung am Strand entlang, dann Hundert Schritt in die andere… Nichts los, nur das Geschrei von ein paar Möwen, die sich um einen angeschwemmten toten Fisch stritten. Er dachte daran sich eine Frau zu suchen, aber das würde schwierig werden, denn er besaß nichts. Er würde seinen Bruder fragen müssen… Ja, er würde es tun. Gleich morgen.

Er drehte sich um und erstarrte… Das schwenkte jemand eine Fackel am Strand und von See her blinkte ein Licht zur Antwort. Zittrig nahm er seine Büchse – ein veraltetes Steinschloss-Modell - von der Schulter und ging vorsichtig näher. Der nächste Wachposten war zu weit entfernt, als das er ihn zur Hilfe rufen konnte. „Wer da?" rief er und Jaque warf die Fackel ins Wasser und wollte in Richtung Wald

Franz, der ein miserabler Schütze war, schoss...und traf.

Der Schuss alarmierte Unterleutnant Hinz und die anderen Milizionäre, die in einer windschiefen Hütte geschlafen hatten und sie umstanden den toten Franzosen, der als solcher aber nicht erkennbar war, und den zitternden Franz, dem Hinz aufmunternd auf die Schulter schlug.

Das Boot erreichte Travemünde auch nicht mehr, denn die Engländer, die am Morgen wieder näher kamen, versenkten es.

Wenn Jaque am Leben geblieben wäre, hätte er Beförderungen und Auszeichnungen bekommen, denn noch am selben Tag kapitulierte der Rest der preußischen Armee. Blücher, nun ohne Proviant und jeder Hoffnung auf Nachschub beraubt, ergab sich dem erleichterten Grafen Bernadotte, der Napoleon endlich Vollzug seines Feldzugs melden konnte und heute noch erinnert die „Blüchereiche" in Ratekau an diesen Tag.

Von Jaque und Franz ist auf der dort angebrachten Plakette kein Wort zu lesen, aber sie waren Akteure und Teil der Geschichte, die ohne sie vielleicht ein wenig anders ausgegangen wäre.

Neuzeit

13. 11. 1872

Am Badeweg in Scharbeutz steht eine kleine Säule, die den Wasserstand der schlimmsten Sturmflut festhält, die in der Bucht jemals auftrat.

Gesine lebt In einer kleinen Kate am Strand zwischen Scharbeutz und Haffkrug.

Sehen wir, wie es ihr an diesem Tag ergeht...

Gesine

„Willst du wirklich raus bei dem Schietwetter?" Hans Mohrdiek richtete diese Frage an seinen ältesten Sohn Werner, der einen Fischkutter besaß und damit sein Geld verdiente. Auch Werner war nicht ganz wohl bei dem Gedanken, die warme Kate zu verlassen und auf der Ostsee die Nacht zu verbringen, aber er hatte keine Wahl. Der Kredit, den ihm die Genossenschaft gegeben hatte damit er sich das Boot kaufen konnte, musste pünktlich abgetragen werden, sonst würden sie ihm seine „Seestern", wie er den Kutter genannt hatte, wegnehmen. Eine Warnung hatte er schon bekommen, denn die Fänge waren in letzter Zeit nicht gut und der Preis für Dorsche auch nicht. Seine anderen Pläne – Hilde heiraten, ein Haus kaufen, Kinder…- waren deswegen in weite Ferne gerückt.

Hans schnaubte. Er war jetzt 55 Jahre alt. Sein Leben lang war er Bauer gewesen und seine Kenntnis über das Wetter im Allgemeinen, wie über dasjenige, das sich da gerade zusammenbraute, war bekannt. Viele holten sich bei ihm Rat, wenn es um Wetter ging. Kollegen, wenn es um den richtigen Zeitpunkt für die Saat ging; ungefähr „Kommt dies Jahr noch Schnee, Hans?", oder der Bürgervorsteher, wenn er das Sommerfest plante.

Richard, sein anderer Sohn, Werners älterer Bruder, war in seine Fußstapfen getreten. Bauer mit Begeisterung, aber auch Mitglied der freiwilligen Feuerwehr, die in diesem Jahr ihren größten Einsatz bei einem Flächenbrand im Curauer Moor gehabt hatte. Er nickte und sagte „Hör man auf Vadder, der weiß, dass das heute noch was gibt." Werner schüttelte nur stumm den Kopf, erhob sich und verabschiedete sich. „Wird schon nicht so schlimm kommen. Bis morgen." Er zog sich seine Teerjacke über, die an einem Nagel neben der Tür gehangen hatte, winkte und verließ das Haus. Er hatte seinem Vater, der ihm vielleicht das Geld gegeben hätte nicht erzählt, wie sehr ihn die Schulden drückten. „Das schaff ich allein..." dachte er und machte sich auf den Weg zu dem kleinen hölzernen Anleger, den er und seine Haffkruger Kollegen gebaut hatten und an denen ihre Kutter vertäut waren.

Zwei von ihnen, Jasper und Gert, waren dabei, extra Taue zwischen ihren Booten und der Brücke zu befestigen. Sie schauten Werner entgeistert an, als der begann, seinen Kutter vorzubereiten. Es regnete bereits und alle drei hatten ihre Südwester auf, ihre geteerten Wettermützen. „Willst doch wohl nicht raus heute?" fragte Jasper, aber Werner zuckte nur die Schultern, setzte das Segel und Gert half ihm, die „Seestern" von der Brücke zu drücken, was schwierig war, denn der böige Wind kam direkt aus Osten in die

Bucht. Werner war ein geschickter Segler und die „Seestern" obwohl schon alt, ein gutes Fischerboot.

Gert spuckte ins Wasser während sie dem kleiner werdenden Boot nachsahen. Fischer wie sie sagten nicht viel, aber sie dachten sich ihren Teil und beide dachten das gleiche… „Dem steht das Wasser bis zum Hals!"

Noch andere sahen Werner nach und bedauerten ihn.

Gesine Hennig, die ihr Häuschen direkt hinter den flachen Dünen hatte, machte wie jeden Nachmittag einen kleinen Spaziergang zu ihrer Freundin, die ein paar Kilometer weiter im oberen Teil von Scharbeutz wohnte. Die war verwitwet und lebte zur Miete im oberen Stockwerk eines der neueren Häuser neben dem Wennhof, dem größten Bauernhof des Ortes. Oberes Scharbeutz wurde es deshalb genannt, weil dieser Teil rund dreißig Meter höher lag als der Strand und es deswegen beschwerlich für die Strandleute war, dort hinauf zu kommen.

Als Gesine ankam, ließ der Hauswirt seiner Freundin, der sich gerade auf den Weg machte, um noch ein Feierabend-Bier in der nahen Kutscherkneipe zu trinken, sie ein. „Na Gesina, wieder außer Puste nach dem langen Anstieg?" neckte er sie und sie fühlte, wie sie rot wurde. Er, Ehrenfried Süllhagen, war ein stattlicher Mann mit einem gepflegten gezwirbelten Schnurrbart und... ebenfalls Witwer. Das er mittlerweile fast nur noch bei Gesines Freundin Rosalind nächtigte..., davon hatte sie ihrer Freundin Gesine noch nichts gesagt.

Überall gingen die Menschen ihren gewohnten Verrichtungen nach. Man schrieb den 13. November 1872 und da es ein trüber Tag gewesen war, wurde es jetzt gegen 16 Uhr schon richtig dunkel. Kamine wurden mit frischem Holz und Torf befeuert und Kerzenlampen entzündet. Die Frauen setzten sich und nahmen ihr Strickzeug auf, Kinder spielten mit dem , was sie zu spielen hatten und die Männer stopften ihre Pfeifen oder gingen, wie Ehrenfried, in die Kneipen.

Draußen auf See waren nicht viele Schiffe unterwegs. Zwei Kanonenboote der Marine, seit einem Jahr, nach dem glorreichen Sieg über die Franzosen nun kaiserliche Marine, davor Marine des norddeutschen Bundes, die auf dem Weg von Danzig nach Kiel waren, liefen Burgstaaken auf Fehmarn an, weil diese Schiffe entsetzlich rollten in der zunehmenden Dünung. Sie hatten Mühe, einen Platz im Hafen zu bekommen, denn die Fehmaraner Fischer waren nicht ausgelaufen.

Ein großer Frachtsegler, die „Marie" aus Rostock auf ihrem Weg nach Travemünde wurde sozusagen vor dem Wind getrieben und ihrem Kapitän war die zunehmende Geschwindigkeit seines schwer beladenen Schiffes fast unheimlich. Er ließ Segel kürzen, was aber nur wenig Auswirkung zeigte. Gott sei Dank würden sie nun bald das Leuchtfeuer vor Travemünde sehen und dann konnte ihnen das Wetter nichts mehr anhaben.

Der Wind nahm zu, langsam aber stetig, und überall an der Küste wiederholten sich die Szenen. Männer zogen sich ihre Regensachen an und sicherten Gerätschaften und anderes hinter den Häusern, schlossen Fensterläden und holten eine extra Portion Feuerholz. Sie sahen zum Himmel, der grau war und aus dem der feine Regen nun fast waagerecht peitschte, aber wenn es doch mal eine Schattierung im Grau gab, sahen sie, wie schnell die Wolken trieben.

Richard, der sich wie Hans Mohrdiek Sorgen um seinen Bruder machte, stand auf und zog sich seine schweren Gummistiefel und sein Ölzeug an. Hans fragte nicht extra. Die freiwillige Feuerwehr war auch für die Deiche zuständig, wenn das auch im Gegensatz zu den „richtigen" Deichen an der Nordsee nicht ganz zutraf. Hier taten es die Dünen, die nur an einigen wenigen Punkten durch Erdaufschüttungen erhöht worden waren. Er trat vor die Tür, die ihm eine plötzliche Bö aus der Hand riss. So schlimm hatte es sich im Inneren unter dem Reetdach nicht angehört. Dass es sich nur um das Vorspiel, des noch Kommenden handelte... Niemand ahnte das.

Werner kämpfte schon seit zwei Stunden, gefühlt mindestens Fünf, gegen die Elemente. Zweimal hatte er schon das Netz eingeholt… Nichts. Auch den Fischen war die Lust auf gefangen werden vergangen und hielten sich so tief wie möglich am Grund der Bucht. Schließlich gab er es auf und verstaute das Netz. Er hatte sich eine Sicherheitsleine um die Hüfte gebunden und torkelte mehr, als er ging zum Mast, um das Segel zu setzen, aber als er es halbwegs oben hatte, fiel eine mächtige Bö, wohl doppelt so schlimm als alles zuvor, über die „Seestern" her und brachte sie fast zum Kentern. Das Segel zerriss und das rettete den Kutter, den der Druck in der Leinwand auf die Seite gedrückt hatte. Trotzdem dauerte es eine gefühlte Ewigkeit, bevor der Kutter sich aufrichtete. Werner war gegen die Luke geschleudert worden und als er sich über das Gesicht fuhr, bemerkte er, dass es nicht nur vom Wasser nass war. Ein tiefer Riss über der Augenbraue ließ Blut über sein Gesicht laufen. „Schiet aan Boom !" brüllte er und überlegte, was er jetzt tun konnte.

Das Tiefdruckgebiet, das für diesen Sturm verantwortlich war, hatte sich schon vor Tagen über Schweden gebildet. Auf seiner Bahn Kraft gewinnend, fauchte er jetzt direkt in die nach Osten offene Lübecker Bucht, eine Berg Wasser vor sich hertreibend, der so hoch noch nie dokumentiert worden war. Es gab keinen Rundfunk, geschweige denn Fernsehen, in dem heute schon mitunter das kleinste Stürmchen zur Wetterkatastrophe hochstilisiert wird… Launisch war dieser Sturm, denn er ließ bestimmte Orte in der Bucht faktisch aus. Zum Beispiel Grömitz, wo sich zwar der Wasserstand so erhöhte, dass der direkte Strandbereich unter Wasser geriet, aber da der Wind praktisch parallel zur Küste blies, passierte nicht viel. Auf den Kanonenbooten im Burgstaakener Hafen, wie auch auf den festgemachten Fischerbooten mussten fluchende Matrosen jeweils nach Wasserstand die Festmacherleinen justieren. Aber auch dort, ähnlich wie in Grömitz, war die innere Bucht geschützt.

Richard hatte mit drei anderen Feuerwehrmännern Position auf den Dünen nahe seines Elternhauses in Haffkrug genommen, wo Hans Mohrdiek unruhig in die Nacht starrte und die Sorge um Werner ihn nicht stillsitzen ließ. Er trank einen Köm nach dem anderen, aber das half nicht…

Gesine wollte nach Hause gehen und verabschiedete sich von ihrer Freundin, der das ganz echt war, denn sicher würde Ehrenfried gleich nach Hause kommen und dann… Der Wind hatte nun so zugenommen, dass Gesine kaum vorwärts kam, obwohl es nun bergab ging. Sie überlegte, ob sie umkehren sollte und ihre Freundin um ein Nachtlager bitten, aber dann ging es irgendwie und als sie in ihrer Kate am Strand anlangte, schloss sie die Tür, sagte „Gott sei Dank" und zog sich schnell die durchnässten Sachen aus. Sie hatte die Augen fast geschlossen gehabt, wegen des peitschenden Regens und nicht bemerkt, das bereits Wasser über die Dünen kam, wenn auch erst ein Rinnsal.

Werners Verzweiflung wuchs ins Unermessliche. Sein Kutter knarrte und ächzte in allen Verbänden. Wasser kam beständig über und lief ins Innere. Er konnte nicht abschätzen, wie viel da nun schon stand, denn er wagte es nicht, dass Ruder loszulassen. Er versuchte, da das Boot antriebslos war, wenigstens nicht quer zu schlagen und ritt quasi auf den Wellen, aber er spürte seine Kraft schwinden und er hatte keine Ahnung, wo er sich befand.

Dann, es war gegen 22Uhr, steigerte sich der mittlerweile zu einem echten Orkan angewachsene Sturm seine Wut. Richard rief seinen Kameraden eine Warnung zu und sie sahen entgeistert die riesige Wasserwand, die auf sie zu kam. Nun war hier nichts mehr zu retten und die vier Männer liefen um ihr Leben.

Gesines Kate traf es als erste. Sie lag im Bett, als die Tür aufgedrückt wurde, das kleine Fenster zur Seeseite klirrend zerbarst und eine unvorstellbare Wassermenge sich ins Innere der kleinen Kate drängte. In Sekunden bis zur Decke steigend, stürzten die Möbel übereinander. Das Bett rutsche, samt Gesine, die sich krampfhaft an den Bettpfosten fest hielt an die Wand, wo es, immer noch samt Gesine an die Decke geschleudert wurde, die aber in dem Moment verschwand, denn das gesamte Dach flog davon. Gesine und Bett trennten sich nun um in getrennten Flugbahnen ihr Ende zu finden. Das Bett blieb an einem Baum hängen, Gesine wurde von der Flutwelle mitgerissen und ertrank. Man fand ihre Leiche am nächsten Tag jenseits der Salzwiesen, gut zwei Kilometer landeinwärts.

Richard und seine Männer nahmen hinter einem der steinernen neuen Häuser Deckung, was ihnen aber nicht viel half, weil die Flutwelle sie überspülte. Als die erste hohe Welle vorbei war, rang Richard nach Atem und sah sich um. Es war nur noch ein Feuerwehrmann bei ihm und zusammen erkletterten sie, bevor der nächste Wellenkamm sie erreichte, eine hohe Eiche.

Hans Mohrdieks Kate konnte den Elementen auch nur kurz wiederstehen. Sie zerfiel unter der Wucht des Wassers. Hans, der noch flüchten wollte, wurde gegen die Wand der Scheune geschleudert und blieb bewusstlos liegen. Die nächsten Wellen nahmen ihn mit und er wurde in der Nähe von Gesines Leiche abgelegt, erwachte aber kurz darauf aus seiner Ohnmacht und kotzte sich das Wasser aus dem Körper.

Ehrenfried Süllhagen hatte, wie seine Freunde die Kutscherkneipe verlassen, als das Reetdach über ihnen weggerissen wurde. Hier oben kam kein Wasser hin, aber die Männer versuchten, nach Hause zu gelangen. Ehrenfried wurde zweimal vom Sturm umgeblasen, bevor er sein Haus erreichte. Er war durchnässt und Gesines Freundin hatte in dieser Nacht keine Freude mehr an ihm.

Zwei seiner Freunde hatten sich gegen den Sturm ihren Weg in Richtung Strand erkämpft, wo sie zu Hause waren, aber als sie den Badeweg herab stolperten, standen sie plötzlich an einem neuen Ufer, das ihnen den Weg versperrte.

Auf der „Marie" ging es drunter und drüber. Der Kapitän hatte alle Segel wegnehmen lassen. In die oberen Rahen brauchten die Matrosen allerdings nicht selbst steigen, dass erledigte der Sturm für sie. Der Steuermann drehte wie besessen am Ruderrad, aber die „Marie" befolgte nur noch die Befehle des Orkans.

Ein kurzer Blitz –jetzt kam auch noch ein Gewitter auf- zeigte ihm und dem Kapitän ihre Lage. Dort nach links hätten sie fahren müssen, um die Einfahrt in die Trave zu nehmen. Das Leuchtfeuer hatten aber die Wellen, die es überspülten längst gelöscht.   Ein neuer Blitz beleuchtete die aus den Fugen geratene Welt und der Steuermann schrie, Sekunden bevor die" Marie" in voller Fahrt auf die Felsen vor dem Brodtener Ufer auflief, seine Angst in die Nacht.

Das große Schiff zerschellte unter den Gewalten, die das Auflaufen frei setzte. Die drei Masten brachen zugleich und alles zermalmend zusammen. Die ersten zehn Meter des Schiffes hatten sich in

Sekundenbruchteilen in Kleinholz verwandelt und der Rest folgte wenig später. Trotzdem schaffte es beinahe die Hälfte der Besatzung an Land, wenn auch mit Brüchen und Abschürfungen. Sie erkletterten den Hang und sahen mit Grauen der vollständigen Vernichtung ihres Schiffes zu.

Auch die schrecklichste Nacht hat ein Ende. Das Tiefdrucksystem zog unter Abschwächung weiter landeinwärts und richtete noch einigen Schaden an, aber die innere Küste der Bucht war der Punkt gewesen, wo alle Kräfte angesetzt hatten. Hunderte von Katen und Häusern wurden zerstört. Beinahe vierhundert Menschen und unzählige Tiere verloren ihr Leben. Die , die das Glück gehabt hatten oberhalb der Wassergrenze zu leben, wie etwa Ehrenfried Süllhagen   priesen sich glücklich. Sie alle halfen, wo es ging und nahmen obdachlos gewordene auf.

Richard fand seinen Vater, der an den Strand zurück gekehrt war bei den Resten seiner Kate.

Und Werner? Unglaubliches Glück ließ seinen Kutter, nach einem wahren Teufelsritt über die Wellen, an einem Abschnitt des Strandes auflaufen, wo es sehr weichen Sand gab. Fast aufrecht und relativ unbeschädigt lag der Kutter am Morgen da und Werner taumelte nach Hause, wo er seinem Vater und Richard um den Hals fiel. Die anderen Boote, mitsamt des hölzernen Steges, waren verschwunden.

So endete die schwerste Sturmflut, die jemals die Lübecker Bucht heimsuchte. Heute befindet sich am Badeweg eine Granitsäule, die den damaligen höchsten Wasserstand, sowie das Datum trägt.

Man schrieb den 13.11.1872

Neuzeit

Sommer 1904

Travemünder Woche und Kaiserwetter !

Der Höhepunkt des kulturellen und sportlichen Lebens.

Der Kaiser und andere Monarchen sind da und verleihen Glanz.

 Begleiten wir Hartmut, der die Ehre hat, den Kaiser während einer Regatta auf seinem Boot zu Gast zuhaben...

Hartmut

„Contenance, meine Herren, Contenance…!" Es war, wenn auch unbewusst, sein Lieblingswort. Schulmeister von Beruf mit Hingabe und Leidenschaft, hatte er seit einem Jahr die musikalische Leitung des Männerchores der Travemünder Liedertafel inne. Er war sehr stolz auf diese Aufgabe und der Chor, etwa zwanzig gestandene Herren der Travemünder Gesellschaft, war unter seiner Leitung aufgeblüht. Es war natürlich nur Herren der Gesellschaft gestattet, beizutreten. Die Arbeiter hatten einen eigenen Gesangverein, wo sie ihre widerwärtigen Sozialistenlieder sangen. Die Herren in ihren steifen Gehröcken strafften sich. Es war erlaubt, den engen Kragen ein wenig zu lockern, ansonsten galten strenge Kleidungsregeln auch hier, im Hinterzimmer des Hotels „Deutscher Kaiser", in dem die wöchentlichen Übe-stunden stattfanden. „Noch einmal von Anfang an." Erst letzte Woche hatte ihnen der Veranstaltungsleiter der in drei Wochen beginnenden diesjährigen Travemünder Woche –man schrieb das Jahr 1904 - mitgeteilt, dass neben dem Kaiser auch der König von Bayern, sowie der Thronfolger Österreich-Ungarns erwartet wurden. Sie hatten wochenlang die russische Nationalhymne geübt, aber der avisierte Zar kam nun nicht, weil seine Flotte bei Tsushima von den Japanern versenkt worden war…

„Gott mit dir, du Land der Bayern…", sangen die Herren, angestrengt auf ihr Notenblatt starrend. Noch waren sie nicht textsicher, aber das würde sich ändern, dafür würde er, der Chorleiter schon sorgen. „Genug für heute", sagte er schließlich nach dem fünften Durchlauf. Für heute war die Luft raus. Sie blieben noch „auf einen Schoppen", den die Kellner eilig servierten und diskutierten das kommende Ereignis.

Viele andere Menschen in Travemünde fanden seit Wochen keinen ruhigen Schlaf mehr. Der Bahnhofsvorsteher des hölzernen Strandbahnhofs, der erst in einigen Jahren durch ein imposantes Steingebäude ersetzt werden sollte, ließ frische Farbe auftragen, denn der Bayer würde mit dem Zug kommen. Der Hafenmeister überlegte täglich mehrmals, ob auch alle Vorkehrungen am Kai getroffen waren, denn dort würde die Kaiseryacht „Hohenzollern" anlegen. Sorgen machte ihm, dass niemand zu wissen schien, auf welche Weise der Österreicher anreisen würde.

Erst vor sechs Jahren war auf Anregung des segelbegeisterten Kaisers der Yachtclub gegründet worden, dessen neues Gebäude am Traveufer, erbaut von den großzügigen Spenden der Kaufmannschaft, nun der zentrale Dreh- und Angelpunkt der jährlichen Veranstaltung war.

Der Veranstaltungsleiter sah zum hundertsten Mal seinen Plan durch. Sorge machten ihm nicht so sehr die täglichen Regatten. Es würden etwa zwanzig kleinere und vier große Yachten teilnehmen, aber die Empfänge und Festivitäten mit den hohen Herren und Damen...

Der große Ball mit Preisverleihung im Gebäude des Casinos in Anwesenheit des Kaisers würde den Höhepunkt darstellen. Nichts, aber auch gar nichts durfte schief gehen und, wenn es nach ihm ginge, würde auch nichts schief gehen.

Hartmut Wevel beschattete seine Augen mit der Hand und sah mit großer Bewunderung in Richtung Neustadt. Vor dem Hafen bis weit in die Bucht hinein ankerten die riesigen grauen Schiffe der Hochseeflotte, jedenfalls ein Teil davon. Er, Fischer in Haffkrug in vierter Generation, glühte vor Patriotismus und hatte gehofft, als Unteroffiziersanwärter in die Marine eintreten zu dürfen, war aber von der medizinischen Kommission wegen seines krummen Rückens abgelehnt worden. Dabei behinderte ihn diese Verwachsung überhaupt nicht. Gerade lief wieder ein Schiff mit gewaltigem Rußausstoß aus den drei hohen Schornsteinen in die Bucht. „Kaiserin Augusta. Großer Kreuzer mit 21cm Geschützen", sagte er fachmännisch, aber sein Kollege Hannes Meier, der mit ihm auf dem kleinen Kutter fuhr, interessierte das nicht. Er spuckte über die Reling. „Rußen die ganze Bucht voll", schimpfte er. Er wischte mit dem Finger über das Holz der

Reling und tatsächlich blieb ein schwarzer Fleck auf seinem Finger. „Was du immer hast", sagte Hartmut. Tatsache war, dass der gesamte Himmel über der ansonsten wunderschönen Bucht nun seit Ankunft der Flotte mit dunklen stinkenden Rauchwolken aus den annähernd hundert Schloten der Schiffe bedeckt war. Der schwache Sommerwind schaffte es nicht, sie zu vertreiben.

Der schwache Wind machte Hartmut auch auf andere Weise Sorgen. Er war, nachdem durch Zufall sein Talent entdeckt worden war, Steuermann auf der Rennyacht „Vorwärts" des reichsten Mannes der Gegend, des Großbauern und Futtermittelhändlers Bongers, die im kleinen Niendorfer Hafen lag. Schon morgen sollte die erste Wettfahrt vor der Travemündung stattfinden und Bongers erwartete, nach Niederlagen in den vergangenen beiden Jahren, einen Sieg, schließlich hatte er eben erst sündhaft teure Segel nach dänischem Muster angeschafft.

Heute musste er aber noch fischen. Sie fuhren in die Bucht hinaus und Hartmut richtete unbewusst den Bug Richtung Neustadt, um der Flotte etwas näher zu kommen. Plötzlich und völlig unerwartet begannen einige der Schiffe zu schießen und es dauerte einige Zeit, bis Hartmut erkannte, dass sie Salut für die Kaiserliche Yacht schossen, die an den ankernden Schiffen vorbei Kurs auf Travemünde nahm.

Flaggen, wohin man sah. Festlich gekleidete Menschen, die Herren trotz der Wärme in schwarzen Gehröcken und Zylinder, die Damen in langen eleganten Kleidern und mit Hüten, die mitunter das Monatseinkommen eines Werftarbeiters im Preis weit überstiegen. Lübecker und Hamburger Gesellschaft, die sich kannte und auf sich hielt.

Am Kai hatten die Herren der Liedertafel Aufstellung genommen. Militärisch ausgerichtet nach Größe und wer hatte, hatte seine erworbenen Orden und Ehrenzeichen stolz auf der Brust und sei es auch nur das Abzeichen des deutschen Sängerbundes für so und so viele Jahre Mitgliedschaft.

Der Lübecker Bürgermeister und der Präsident der Provinz Schleswig Holstein mit ihrer Entourage, Pressevertreter und gestresste Fotografen, die ihre Stative und Gerätschaften an möglichst vorteilhafter Stelle aufstellen wollten...

Dann kam sie und ließ beim Passieren des Leuchtfeuers ihre Dampfsirene dröhnen. Die „Hohenzollern", majestätisch und wunderbar anzusehen in ihrer weißen Bemalung mit den gelben Schornsteinen. Hoch am Mast die riesige Kriegsflagge mit dem schwarzen Kreuz und dem Adler. Vor ihr, wie ein Hund, der vorausläuft, ein Kanonenboot, dessen Mannschaft an der Reling angetreten war. Aus dem inneren Hafen kamen nun zwei Schleppdampfer herbei und halfen, die große Yacht an den Kai zu bugsieren. Die Damen wandten sich indigniert ab, denn die Schlepper rußten stark und schwarze Partikel setzte sich auf manchem weißen Kleid ab… Und wenn schon, was würde wohl die Kaiserin tragen?

Zu aller Bestürzung war neben dem Kaiser und der Kaiserin auch der österreichische Kronprinz an Bord und die Liedertafel-Männer stimmte tapfer, nach „Heil dir im Siegerkranz" eine wackelige Version der österreichischen Hymne an.

Aber die hohen Herrschaften waren es zufrieden und genossen die Szenerie, den Hafen, die allgemein gute Stimmung, den Champagner… einfach alles.

Hartmut Wever versuchte verbissen, jedes bisschen Vorteil aus den neuen Segeln zu holen. Ja, sie waren leichter als die Alten, aber auch anfälliger bei plötzlichen Windscherungen. Die Achterliek killte viel früher als gewohnt… Der Übungsschlag in der Bucht hatte trotzdem Sinn gemacht. Hartmut glaubte nicht, dass die dreifach teuren Segel ein Garant für den Sieg waren aber… Man würde sehen. Er und seine drei Mann Crew segelten die „Vorwärts" nach Travemünde, wo sie der Hafenmeister einwies. Er hakte die „Vorwärts" als angekommen ab und wandte sich Wichtigerem zu.

Der nächste Morgen kam strahlend daher. Kaiserwetter, wie man so sagte . Blauer Himmel, eine strahlend aufgehende Sonne und eine leichte beständige Brise. Hartmut und seine drei Decksleute bereiteten das Boot auf die erste Regatta vor. Der Besitzer Bongers würde erst kurz vor dem Start einsteigen. Fünf andere Boote segelten in der Klasse der „Vorwärts", wovon die „Hanseat" des Hamburger Yacht Clubs der große Favorit war. Theodor Laisz, ein Mitglied der berühmten Reederfamilie, führte dort das Kommando. Seine Siege, unter anderem bei der berühmte Rennwoche von Cowes, in England waren Legende und schüchterten die Konkurrenz gehörig ein.

Sie segelten hinaus in die Bucht, wo das Kanonenboot „Tiger" das Start und Zielschiff darstellte. Zwischen diesem Schiff und einer etwas entfernt ausgebrachten Boje war also die Startlinie und die Besatzungen der fünf Boote lavierten nervös durcheinander, um ja nicht zu früh die Linie zu kreuzen, aber auch keinen Meter zu verschenken, wenn der Startschuss fiel. Der Kommodore des Lübecker Yachtclubs, der sich auf der Brücke der „Tiger" befand, schwitzte Blut und Wasser, denn quasi direkt unterhalb seiner Position stand der Kaiser und beobachtete mit seinem Fernrohr jede Bewegung der Boote. Der Kommodore sah auf die Stoppuhr, die auf die Zwölf Uhr Markierung zulief und gab das Zeichen, auf das die Geschützbedienung auf dem Vordeck gewartet hatte. Donnernd entlud sich das   10,5cm

Geschütz und Hartwig, sowie alle seine Konkurrenten holten die Schoten dicht und gingen auf Kurs.

Sie segelten ein Dreieck ab, deren Eckpunkte durch die „Tiger", sowie zwei Dampfbarkassen der Lübecker Hafenverwaltung gebildet wurden. Hartwig fand sich nach der ersten Wende an dritter Position wieder, was nicht besonders gut war. Das führende Boot, die „Hanseat", die einem Hamburger Kaufmann gehörte, war eindeutig besser bei dem Am Wind Kurs, aber nach der Wende, als Hartwig die Segel öffnen konnte, zeigte das dänische Design der neuen Segel seine Stärke. Langsam aber beständig verringerte die „Vorwärts ihren Rückstand auf das Boot vor ihm und ein paar hundert Meter vor dem zweiten Wendepunkt überholte Hartmut seinen Konkurrenten, der fair winkte, als sie passierten. „Ree!" rief Hartmut als sie die zweite Dampfbarkasse umrundeten, Die beiden Männer an den Winschen warfen die Schoten los und holten die Segel auf die andere Seite, während Hartmut Ruder legte. Die „Vorwärts" kam herum und legte sich in einem Windstoß auf die Seite. Hartmut fühlte, dass der Wind spürbar zunahm. Nun kam bereits Wasser über die Leeseite und sprühte ins Boot. Trotzdem ließ Hartmut die Großschot noch etwas anholen. Er sah nach rechts, wo sich das   Brodtener Steilufer erhob und erkannte, dank seiner Ortskenntnis, dass sie gleich in Abdeckung des Landes kommen würden und die Böen ihnen somit nichts mehr anhaben konnten. Der Skipper des führenden Bootes wusste das nicht und Hartmut sah mit Freude, dass dort die Mannschaft die Segel reffte, um sie bei dem zunehmenden Wind nicht zu gefährden. Gerade als sie damit fertig waren, was ihr Boot schlagartig verlangsamte, trat der von Hartmut vorhergesagte Landeffekt ein. Hektisch versuchte der andere Schiffsführer seinen Fehler zu korrigieren... Zu spät. Hartmut überholte die „Hanseat" und Minuten später feuerte der „Tiger" den Zielschuss ab und die „Vorwärts" hatte gewonnen.

Am Abend wurde im Casino gefeiert. Der Kaiser, leutselig und in guter Stimmung genoss das Zusammensein mit Leuten dieses Schlages. Erfolgreiche Geschäftsleute, die die Säule des Deutschen Reiches darstellten, aber eben auch Segler. Nach und nach lockerte sich die Stimmung und als sich die Kaiserin verabschiedete und damit das Signal für alle Damen gab, dasselbe zu tun, wurde es eine ausgelassene Männergesellschaft, bei der auch der Wein floss. Der Kaiser gab Anekdoten aus der Hauptstadt zum Besten und Bongers erhielt sozusagen seinen gesellschaftlichen Ritterschlag, als ihm der Kaiser den Pokal für den Tagessieg überreichte.

Auch bei den Mannschaften wurde gefeiert. Bongers hatte großzügig Bier und einen Spießbraten gespendet und die Mannschaften der Boote saßen zusammen und sangen Seemannslieder.

Der nächste Tag war für die größeren Boote reserviert. Der Kaiser fuhr auf seiner „Meteor" mit und holte sich, angesichts des schwachen

Windes in recht langweiliger Art und Weise den Sieg. Trotzdem war die anschließende Feier eine Kopie des Vortages.

Dann waren die kleineren Yachten wieder dran. Es galt, einen Kurs durch die ganze Bucht abzusegeln und Harmut erlitt den Schock seines Lebens, als kurz vor dem Rennen Bongers erschien und mit ihm... der Kaiser. „Seiner Majestät möchte heute mal ein „richtiges" Rennen erleben", sagte Bongers und stellte seine Mannschaft vor. Er selbst würde heute nicht mitsegeln. Wilhelm, der Zwote, nickte leutselig und gab Hartmut sogar die Hand.

Nach dem Startschuss des Kanonenbootes ging es zuerst in Richtung Neustadt, wo die Flotte lag, die aber diesmal keinen Salut schießen musste, da niemand wusste, dass der Kaiser auf einem der Boote war. Die „Hanseat" führte erneut, aber diesmal konnte Hartmut sich knapp dahinter halten. Die anderen Boote folgten in kurzem Abstand.

Sie wendeten nach links und hielten auf Haffkrug zu. Überall am Ufer standen Leute und sahen zu, winkten und Hartmut gelang es, die „Vorwärts" bis auf eine Bootslänge an die führende Yacht heranzubringen. Der Wind hatte zugelegt und auch die Wellen wurden höher. Die Boote begannen zu arbeiten und die scharf geschnittenen Bugpartien gruben sich in die seitlich anlaufenden Seen, was ein sehr unruhiges Segeln ergab.

Hartmut sah ab und zu in Richtung des Kaisers, der an der Kajütenwand lehnte, zuletzt aber unruhig hin und her rutschte. Der Alkohol des Vorabends, wenn es auch qualitativ hochwertiger Wein gewesen war, wirkte in Wilhelm Zwo nach. Ihm war hundeelend und er bereute es, auf diesem Boot zu sein. „Eine Toilette", keuchte er endlich und Hartmut war entsetzt. „Es gibt keine Toilette hier an Bord, eure Exellenz", sagte er und Wilhelm wies an Land, das nahe an Steuerbord lag.

„Jawohl", sagte Hartmut. Die Regatta war eine Sache, die kaiserlichen Bedürfnisse eine andere…

Zum Glück war die kleine Seebrücke von Scharbeutz nicht einmal zweihundert Meter entfernt. Die Leute auf den anderen Booten sahen mit Erstaunen, wie die „Vorwärts" abdrehte, die Segel wegnahm und an dem hölzernen Brückenbau festmachte. Hartmut sprang an Land und half dem Kaiser, der sich sichtlich mühen musste, sich nicht zu übergeben, von Bord. Auch dort standen viele Leute. Badeferien waren der letzte Schrei unter den wohlhabenden des Landes und als sie den Kaiser sahen, plötzlich und unerwartet, verfielen sie in ungläubiges Staunen, dass in Jubelrufe überging und weitere Leute anlockte. Wilhelm hatte dafür keinen Sinn im Moment. Seine Därme schmerzten unerträglich.

Jenseits des kleinen Vorplatzes vor der Seebrücke stand ein kleines Haus, in dessen Erdgeschoss Karsten Lüders und seine Frau Herta einen kleinen Kolonial und Geschenkeladen betrieben. Hartmut, der die beiden gut kannte, führte seinen leidenden Passagier in den Laden und sagte, als Herta ihn erstaunt ansah. „Der Kaiser muss sofort aus Klo…!"

Karsten, der gerade an der Kasse einen Kunden bediente, wurde weiß im Gesicht, fasste sich dann aber und sagte „Hier entlang, eure Majestät…" Er wies dem leidenden Monarchen den Weg in den Garten, wo das hölzerne Plumpsklo mit dem eingeschnittenen Herzen in der Tür stand. Herta konnte sich nicht fassen und fragte Hartmut, was sie nun tun sollte, aber das wusste Hartmut auch nicht. Nach einer ziemlich langen Weile hörten sie den Kaiser „Papier!" rufen und Karsten raffte den neuesten „Reichsboten" vom Ladentisch und lief in den Garten.

„Ich mach einen Kräutertee", entschied Herta und als Wilhelm sichtlich erleichtert und schon wieder recht wohl aussehend im Laden erschien, nahm er erfreut die Tasse Tee, die ihm Herta knicksend anbot. Der Wind hatte nachgelassen und Hartmut versprach eine ruhige Fahrt mit gerefften Segeln und so gingen sie wieder an Bord. Vorher jedoch kaufte der Kaiser Karsten und Herta einige Ansichtskarten mit Scharbeutzer Motiven ab, konnte aber nicht bezahlen –Kaiser haben gewöhnlich kein Geld dabei, sondern haben

Diener, die das erledigen- „Er hier" erwies auf Hartmut, „wird das später bezahlen" und Karsten verbeugte sich tief.

Die Menschenmenge war angewachsen und Wilhelm lächelte nunmehr freundlich den jubelnden Menschen zu. Der Bürgermeister aber, schnell von jemandem Informiert, erschien erst, als die „Vorwärts" mit dem hohen Gast schon wieder in Richtung Travemünde auf See war. Er befragte den Ladenbesitzer, was der Grund für den überraschenden Besuch gewesen wäre, aber Karsten und selbst Herta, die sonst nichts für sich behielt, behielten das „Geheimnis" für sich, wozu Wilhelm Zwo sie aufgefordert hatte.

Auch Hartmut selbst und seine Besatzung schwiegen und Bongers, der verärgert war, weil sein Boot verloren hatte, musste sich mit Hartmuts Auskunft zufrieden geben, dass der Kaiser plötzlich einen Besuch in Scharbeutz machen wollte und Bongers sah ein, dass Hartmut keine Wahl gehabt hatte.

Später am Abend kam Hartmut bei Karsten und Herta Lüders vorbei, bezahlte die Ansichtskarten und überreichte den beiden eine handgeschriebene Urkunde, gesiegelt und unterschrieben vom Kaiser selbst, die den beiden den Titel „Kaiserlicher Hoflieferant" verlieh. Das Emailleschild, das Karsten daraufhin anfertigen und über der Ladentür anbringen ließ, musste oftmals erneuert werden, denn manch einem schien das ein gutes Souvernir zu sein. Lüders ärgerte sich zwar darüber, ließ aber unverdrossen Ersatz anbringen und erst, als er den Laden schloss und das Haus abgerissen wurde, verschwand auch dieser Beweis kaiserlicher Anwesenheit und das „Örtchen, zu dem der Kaiser zu Fuß hingeht…" aus Scharbeutz.

Die Travemünder Woche endete und Hartmut, der auf der Rückfahrt nach Travemünde seinem Passagier gestand, dass er seines verkrümmten Rückens wegen nicht die ersehnte Laufbahn in der Flotte antreten konnte, wurde von diesem getröstet. Der Kaiser wies auf seinen eigenen verkrüppelten Arm, den er am liebsten immer hinter dem Rücken versteckte. „Die Leute haben ihre Vorschriften, und wenn ich nicht der Kaiser wäre, hätten sie mich wohl auch abgelehnt. Man kann es trotzdem schaffen, mein Junge."

Am nächsten Tag erhielt Hartmut seine Einberufung an die Marineschule in Eckernförde und er stand an der Vorderreihe, als die „Hohenzollern" ablegte und winkte, während die Travemünder Liedertafel noch einmal „Heil dir im Siegerkranz" sang und der Chorleiter musste seine Männer im Laufschritt zum Bahnhof bringen, um rechtzeitig den bayrischen König und den österreichischen Thronfolger vor Abfahrt des Sonderzuges mit den entsprechenden Hymnen zu verabschieden.   So endete die Travemünder Woche 1904 und mit ihr das Kaiserwetter, denn als die „Hohenzollern" in Richtung Kiel verschwand, zogen Wolken auf und es begann zu regnen.

Neuzeit

Mai 1944

So langsam kriecht die Götterdämmerung über das Dritte Reich.

Auch hier, in der Lübecker Bucht ist das zu spüren, wenn auch die Bevölkerung noch von direkten Angriffen verschont bleibt.

Heino ist Häftling in der KZ-Außenstelle Ahrensbök. Wie wird es ihm ergehen?

Heino

Der Sturm hatte dem Dach einigen Schaden zugefügt. Nachdem sich erst einmal eine der Dachlatten gelöst hatte, war der nächsten heftigen Bö ein ganzes Segment zum Opfer gefallen. Heino stand auf einer wackeligen Leiter und reparierte den Schaden. Konzentriert nagelte er Brett neben Brett, worüber dann später noch Dachpappe befestigt werden würde. „Mach schon…" rief er nach unten, wo ein anderer Häftling stehen und ihm ein weiteres Brett anreichen sollte. Als nichts geschah, sah er sich um. Dort stand Kressmann, in seiner akkuraten SS-Uniform mit den weiten Reithosen und den auf Hochglanz polierten Reitstiefeln, die eine der weiblichen Häftlinge täglich pflegen musste…

Kressmann war SS- Sturmbannführer und stellvertretender Leiter der Außenstelle des Konzentrationslagers Neuengamme bei Ahrensbök, aber eigentlich alleiniger Chef, denn sein Vorgesetzter hielt sich lieber in Eutin auf, wo er eine Wohnung hatte und jede Nacht mit seinen Kumpanen vom Endsieg träumen und saufen konnte.

Heino Jungk war von Jugend an Sozi gewesen. Sein SPD Parteibuch hatte er von seinem Vater bekommen, der ebenfalls Parteimitglied, sogar Kreisvorsitzender, gewesen war. Sie hatten in Scharbeutz gelebt und Heino hatte nach der Volksschule eine Bootsbauerlehre in

Niendorf gemacht, wohin er mit dem Fahrrad fuhr. Nebenbei war er auch ein begeisterter Segler, war es schon seit seiner Jugend, und wären die Zeiten andere gewesen… Vielleicht hätte es für ihn sogar einen Weg in die Olympiamannschaft gegeben. Dann kamen die Nazis an die Macht und alles änderte sich. Ein Streik, der gewalttätig eskalierte und den Heino mit organisiert hatte, brachte ihm zehn Jahre Konzentrationslager ein. Seine handwerklichen Fertigkeiten hatten dazu geführt, dass er nach Ahrensbök geschickt wurde, um sozusagen Hausmeistertätigkeiten an dem Dutzend Holzbaracken auszuführen, die die als Zwangsarbeiter in der Landwirtschaft eingesetzten Häftlinge beherbergten.

„Runterkommen, Jungk", sagte Kressmann. Er hatte eine angenehme Stimme. Das Brüllen überließ er seinen Untergebenen. Heino kannte diese Stimme gut. In seiner Jugend war Kressmann, im Hauptberuf Lehrer in Timmendorf, sein Trainer im Segelverein gewesen.

Heino legte den Hammer aufs Dach und stieg die Leiter hinab. Seine gestreifte Häftlingskluft, jetzt verschmiert vom Dreck der Holzbretter, schlotterte um seinen Körper. Nicht dass er unterernährt war – es gab hier genug zu essen – Sie war schlicht zwei Nummern zu groß und er musste die Hose mit einem Strick als Gürtel am hinunterrutschen hindern.

Kressmann musterte ihn. Heino tat ihm irgendwie leid. Wenn er nicht so ein widerlicher Sozi gewesen wäre, hätte etwas aus ihm werden können. Als Segler war er ein großes Talent gewesen... Schade drum.

Heino fühlte, wie der Hass auf diesen Mann in ihm hoch kochte. Seine Fäuste ballten sich unwillkürlich. Kressmann war es gewesen, der seine Verhaftung vorgenommen hatte. Seine und die seines Vaters, der sich dabei so aufgeregt hatte, dass er einem Herzinfarkt erlegen war. Heino hatte nicht einmal zur Beisetzung gehen dürfen...

„Mitkommen", sagte er und Heino folgte ihm zu den Werkzeugschuppen. Ein LKW stand davor und schon beim näherkommen sah Heino das Heck einer Segeljolle, das über die Ladefläche hinausragte.

Kressmann wies mit der Hand darauf. „Hat einem Juden gehört. Der braucht die jetzt nicht mehr. Hahaha..." Kressmann grinste. „Na ja, Du kümmerst dich ab jetzt darum. In einer Woche will ich das pikobello und segelfertig sehen. Haben wir uns verstanden?" „Jawohl, Sturmbannführer!" brüllte Heino, wie es ihm beigebracht worden war. Kressmann nickte, drehte sich um und ging.

Der Fahrer des LKW, der an der auf dem Kotflügel gesessen hatte, stand auf und kam näher. „Sieh zu das der Mist abgeladen wird. Will vor der Dämmerung zurück in Kiel sein."

Heino sah einen Trupp Häftlinge unter Führung eines Wachmannes den Weg entlang kommen. Er wusste, das Bitten nichts helfen würde. Er ging auf den Wachmann zu und sagte selbstbewusst „Befehl des Sturmbannführers. Das Boot muss abgeladen und in die Werkstatt gebracht werden."

Tatsächlich lag der Rumpf der Jolle wenig später auf ein paar Balken in der Werkstatt. Mast und Zubehör daneben auf dem Boden. Heino sah als Fachmann, dass der Holzrumpf des Bootes in recht gutem Zustand war und nur wenig Arbeit bedurfte. Er bewunderte die Arbeit der unbekannten Kollegen, die dieses Boot – wohl ein Unikat, denn es gehörte keinem Einheitstyp an – gebaut hatten.

Etwas über sechs Meter lang, über die breiteste Stelle etwa Ein Meter fünfzig, musste es recht schnell sein. Zumindest teilweise aus edlem Mahagoni gefertigt… Heino mochte dieses Boot sofort und er begann mit der Arbeit.

Kressmann kam oft in die Halle und der erste Hinweis, dass er Heino mit auf die Probefahrt nehmen würde war als er meinte, „Wir slippen das Boot in Scharbeutz und dann segeln wir… Wie in alten Zeiten…"

Einzig die Segel stellten ein Problem dar. Wohl lange irgendwo eingelagert gewesen, hatten sich ganze Mäusefamilien darin aufgehalten und irreparablen Schaden angerichtet.

Kressmann fuhr nach Kiel und kam anderntags mit einem neuen Satz Segel zurück. Woher er die hatte, sagte er nicht.

Heino liebte seine Arbeit. Die kunstvolle Handarbeit, die in diesem Boot steckte, verzückte ihn regelrecht. Als alles fertig war, trug er mehrere Schichten Politur auf und trat nach getaner Arbeit ein paar Schritte zurück, um sein Werk zu bewundern.

Kressmann betrat die Halle und stellte sich neben ihn, wippte auf den Stiefelspitzen und sagte „Nicht schlecht, Jungk. Das noch, dann kann sie zu Wasser." Er hielt Heino ein Blatt Papier hin und als er sah, was dort stand, drehte sich ihm der Magen um. „Jawohl, Sturmbannführer", sagte er mit belegter Stimme und Kressmann ging.

Eine volle halbe Stunde verging, bevor Heino sich dazu zwingen konnte den Schriftzug, der auf dem Papier stand auf das Heck der Jolle zu malen. Neben den verhassten SS Runen ein „Sieg Heil". Aber er wusste auch, dass er sich nicht weigern konnte und tat auch diese Arbeit.

Es war nun Mai. Mai 1944. Überall ging es mit der deutschen Vorherrschaft bergab. Die Russen rückten vor und wurden von Tag zu Tag stärker, Afrika war verloren und in Italien waren die Alliierten gelandet. Die U-Boote, Hitlers große Hoffnung, wurden zu Dutzenden versenkt. Immer mehr deutsche Städte wurden von den Bomberströmen vernichtet, denen sich zu wenige Jagdflieger entgegenwarfen, weil die Führung versagte...

Hier in Ostholstein war von alle dem fast nichts zu spüren. Gelegentlich gab es Fliegeralarm, aber die Flugzeuge, die man an klaren Tagen hoch oben sehen konnte, hatten andere Ziele. Trotzdem spürten auch hier die Häftlinge, wie nervös ihre Wächter wurden. Manch einem von ihnen schwante, was da an Konsequenzen auf sie zukommen konnte. Die Rationen wurden schmaler, Schläge gab es aber in wachsendem Masse...

Dann war es soweit. Kressmann, der von seinem Vorgesetzten einen Anpfiff bekommen hatte, weil er Heino für sein „Privatspielzeug" eingespannt hatte, nutzte dessen Urlaub, das Boot zu Wasser zu bringen. Ein LKW fuhr vor und Heino, davon nicht informiert, musste noch schnell eine letzte Reparatur am Schwertkasten ausführen. „Bist du endlich fertig?" brüllte der ungeduldig wartende Kressmann . Heino wischte sich die Stirn und legte hastig den eben benutzten Schraubenzieher auf das Sitzbrett, von wo er abrutschte und auf dem

Boden fiel. „Los jetzt…", mahnte Kressmann und Heino sprang auf den Hallenboden.

Zehn Mann waren nötig, die Jolle auf die Ladefläche zu hieven. Der Mast ragte mehrere Meter nach hinten über, aber kein Polizist würde es wagen, einen SS - Sturmbannführer deswegen auch nur anzusprechen. Die zehn Mann, Heino und ein bewaffneter Wachmann drängten sich neben dem Boot auf die Ladefläche. Kressmann in seiner prächtigen Sommeruniform stieg ins Führerhaus und los ging es.

Heino hatte die Ostsee lange nicht gesehen und als sie sich „seiner" Bucht näherten, ging ihm das Herz auf. Hier war er aufgewachsen… Die Sonne glitzerte auf dem Wasser und die Möwen schrien wie seit Urzeiten. Die fernen Ufer in leichtem Dunst. Heimat !

Nachdem die Jolle abgeladen war, ging es recht schnell. Heino stellte mit Hilfe der anderen Häftlinge den Mast und Kressmann selbst justierte die Wanten, um ihn optimal zu trimmen. Zuletzt schlugen sie die Segel an. Heino hatte nicht erwartet, dass sie jetzt sofort segeln würden, aber Kressmann konnte es nicht mehr abwarten.

„Ihr könnt jetzt abrücken", sagte Kressmann zu dem Wächter, „Um fünf seid ihr wieder hier, Verstanden?" „Jawohl, Sturmbannführer!"

brüllte der und trieb die Häftlinge erleichtert auf den LKW, der sofort abfuhr.

„Dann wollen wir mal", sagte Kressmann gut gelaunt. Zusammen schoben sie das Boot ins Wasser und ein paar Spaziergänger wunderten sich, einen offensichtlich hochstehenden SS Mann und einen Anderen in Häftlingskleidung zusammen ein Boot ins Wasser schieben zu sehen.

Kressmann fluchte, als eine kleine Welle seine Stiefel überflutete und bereute, keine Sportkleidung angelegt zu haben. Auch er hatte eigentlich erst morgen segeln wollen, aber die Verlockung war zu groß. Er schwang sich auf das Boot und Heino musste allein die Jolle weiterschieben, bis sie schwamm. Bis zur Hüfte nass, zog auch er sich an Bord. Kressmann hisste schon das Großsegel und Heino, der vorerst das Ruder übernahm, spürte sofort den Druck am Ruderblatt und steuerte in die Bucht hinaus.

„Fock setzen!" befahl Kressmann, der jetzt das Ruder übernahm und Heino turnte nach vorn.

Sie segelten, als wenn es nie eine Unterbrechung durch die vielen Jahre gegeben hätte. Als eingespieltes Team, als wenn nicht Welten sie trennen würden. Denn ganzen Nachmittag jagten sie die Jolle durch die Wellen. In der Ferne sah Heino ein Torpedoboot vorbeiziehen und schließlich vor Neustadt ankern. Sonst gab es keinen Schiffsverkehr und schon gar keine anderen Sportboote und so war die kleine Jolle, die da ihre Kurse fuhr, die Attraktion für die Leute am Strand.

Schließlich wurde Kressmann, der glücklich war wie schon lange nicht mehr bewusst, dass die Dämmerung bereits einsetzte. Seit Stunden wartete schon der LKW und es würde Ärger geben, wenn sein Chef davon erfuhr, denn der Fahrer würde sich sicher beschweren. „Zurück! befahl er Heino, der gerade am Ruder saß.

Auch Heino war glücklich gewesen, hatte alles vergessen, was geschehen war. Nur segeln… Nun sagte „Kressmann   „Zurück…" Einfach so. Zurück ins Elend und die Ungewissheit.

Sein Hass auf Kressmann kehrte mit unbändiger Kraft zurück. Sein Blick fiel auf den am Boden liegenden Schraubenzieher und in der nächsten Sekunde steckte der bis zum Anschlag in Kressmanns Brust, der ungläubig und mit geweiteten Augen das hölzerne Griffstück aus seinem blütenweißen Hemd ragen sah und um das sich ein roter Fleck rasend schnell vergrößerte. Dann brach er zusammen.

Heino war zunächst wie gelähmt. Er sah den reglosen Kressmann vor sich liegen, aber was das bedeutete… Eine plötzliche Bö ließ das im

Moment führerlose Boot eine Halse machen. Heino konnte gerade noch dem überkommenen Großbaum ausweichen. Die Jolle schaukelte heftig und er wäre beinahe über Bord gegangen. Das brachte ihn zur Besinnung. Seine Gedanken begannen zu rasen, aber dann handelte er schnell und umsichtig. Zuerst kostete es ihn Überwindung, Kressmann zu berühren, aber dann zog er ihm mühsam seine Uniform aus, zog sich selber aus und streifte dem leblosen SS Mann die Häftlingskleidung über. Sie waren recht weit vom Ufer entfernt; trotzdem ließ er Kressmann auf der dem Land abgewandten Seite ins Wasser gleiten. Wer weiß, vielleicht beobachtete sie jemand mit einem Fernglas. Als der Körper im Wasser war, erwachte Kressmann plötzlich. Heino hatte gedacht, der Stich wäre tödlich gewesen… Kressmann machte matte Schwimmbwegungen und Heino sah reglos zu, wie die immer schwächer wurden und dann ging Kressmann endlich unter.

Sie hatten ungefähr die gleiche Größe. Die Hose passte, aber die Stiefel waren zu klein und Heino ließ sie vorerst aus. Das Hemd wusch er lange im Meerwasser, aber auch dann blieb eine dunkle Stelle, wo das Blut gewesen war. Heino hängte es zum Trocknen über die vordere Sitzbank.

Nun konnte er seine Situation überdenken und er entschied sich dafür zu versuchen, nach Schweden zu gelangen. Er hatte keine

Karten und keinen Kompass, aber er hatte eine ungefähre Vorstellung der Geografie. Wenn er geradewegs aus der Bucht nach Osten steuern würde, musste er, je nach Wind, in etwa drei Tagen schwedische Gewässer erreichen. Er wusste aber, dass das eine Wunschvorstellung war, denn weder hatte er Wasser, noch Verpflegung. Bei Tagesanbruch – jetzt kam erst einmal die Nacht – wäre die Jolle wie auf dem Präsentierteller und das Seegebiet entlang der Mecklenburger Küste war viel befahren. Heino dachte nach und fuhr mit zum Glück gutem Wind in Richtung Fehmarn. Dazu musste er relativ nah an dem ankernden Torpedoboot vorbei und schlüpfte rechtzeitig in das noch feuchte Uniformhemd des toten Kressmann und die an der Reling lehnenden Matrosen des Kriegsschiffs winkten ihm zu. „Diese Heinis von der SS...", sagte einer." Wir halten den Kopf hin und die machen Ferien." Er spuckte ins Wasser und die anderen pflichteten ihm bei.

Heino kam ungehindert nach Fehmarn. Einmal geriet er in Gefahr, als ein großes Dornier-Flugboot unversehens aus dem Nachthimmel kam und nahe der neuen Basis Großenbrode auf dem Wasser landete. Er hatte aber den Motorenlärm schon lange vorher gehört und seinen Kurs zum Meer hinaus geändert. Er umfuhr die Südseite der Insel und in den frühen Morgenstunden ließ er die Jolle im Nordosten der Insel ans Ufer treiben, wo er sich die Bäume bis dicht an den Strand ausbreiteten und es kaum Bewohner gab. In der Nähe eines Bauernhofes konnte er auf einem Acker ein paar vergessene Rüben aus dem Boden ziehen und er verzehrte sie roh. Hunde bellten und er getraute sich nicht näher heran, aber das Glück ließ ihn nicht im Stich und er stolperte förmlich über eine alte Badewanne, die dem Tränken von Vieh diente und Wasser enthielt, das ihm wie Wein schmeckte obwohl es dreckig und verunreinigt war.

In der folgenden Nacht schaffte er es, wiederum ungesehen, bis Langeland und versteckte sich wieder. Er konnte nicht schlafen und sah in die Nacht hinaus in Richtung der kleinen Insel Omö, auf der er früher ein paar Mal gewesen war und wenn Kirsten und ihr Vater da noch lebten… Sie würden ihn vielleicht in den Höhlen der Steilküste verstecken.

Man würde sehen…

Neuzeit

1976

Deutschland ist geteilt. Vom Strand der Lübecker Bucht aus sieht man

die Mecklenburger Küste. Dort gibt es Wachtürme, Stacheldraht und bewaffnete Patrouillen.

Trotzdem gelingt immer wieder eine Flucht.

Sehen wir, ob und wie es Paul schafft.

Paul

Sie tranken ihren Kaffee. Dann zahlten sie und spazierten noch ein Stück entlang der Küste. Von Pelzerhaken in Richtung Neustadt. Paul blieb stehen und auch Monika drehte sich zum Strand hin. „Hier bin ich angekommen", sagte Paul fast andächtig. Monika drückte seine Hand. Am 4. September 1976 war er hier angekommen. Vor 42 Jahren...

Sommer 1967

Paul Dehnhard war den ganzen Weg vom Hauptbahnhof gelaufen, weil er nicht wusste, ob es einen Bus gab und wann der fuhr. Er war für gewöhnlich so schüchtern, dass er lieber lief, als jemanden zu fragen. Für seine fünfzehn Jahre war er sehr kräftig. Nicht allzu groß, eher gedrungen, aber mit schon ansehnlichen Muskelpaketen und breiten Schultern. Paul war Schwimmer, genauer Langstreckenschwimmer und nun auf dem Weg zum Trainingsinternat des Schwimmkaders der DDR.

Wohnhaft war Paul bei seinen Eltern in Weimar, wo er schon früh im Baggersee das Schwimmen gelernt hatte. Es war ein tiefer und kalter See gewesen und Paul erinnerte sich nicht so gern an die schon kühleren Herbsttage, an denen ihn sein Vater dazu antrieb, zwei-dreimal um den See zu schwimmen. Er selbst, Trainer der Schwimmmannschaft des Sportvereins, schwamm nebenher. Paul, das stellte er mit Stolz fest, hatte sein Talent geerbt und er war entschlossen, einen Spitzensportler aus ihm zu machen.

Zum Glück hatte auch Paul den Wunsch, Spitzensportler zu werden und so trainierte er mit Energie und Ausdauer, gewann Jugendmeisterschaften und Schwimmwettbewerbe und als dann die Sichtung durch die Sportkommission kam, wurde er wie selbstverständlich ausgewählt. Seine Lehrer sahen das etwas anders. Ihnen wäre es lieber gewesen, Paul hätte mehr Interesse an Mathematik, Physik oder Russisch gehabt...

Paul musste zweimal fragen –peinlicherweise -, dann stand er vor dem Gebäude des „Instituts für Wassersport Ernst Thälmann". Man hatte ihn schon erwartet und ein Betreuer brachte ihn, nachdem er einen Personalbogen ausgefüllt hatte, zu seinem Zimmer, dass er künftig mit einem anderen Jungen teilen sollte. Der saß am kleinen Tisch am Fenster und schrieb offensichtlich einen Brief. Der Betreuer stellte sie vor, dann ging er. „Hermann wird dir alles erklären", sagte er zuvor. Paul warf seinen Koffer auf das offenbar für ihn bestimmte leere Bett. „Bin Paul", sagte er und gab Hermann die Hand und das war der Beginn ihrer Freundschaft.

Hermann war gleich alt wie Paul, aber bereits ein Jahr hier. Er war ein begabter Turmspringer und die sozialistische Gesellschaft konnte „Großes" von ihm erwarten.

Schon am nächsten Tag begann der Ernst des Lebens. Paul lernte Lehrer und seinen Trainer kennen und bekam seinen Stundenplan. Die Sportstätten waren der pure Luxus verglichen mit dem städtischen Bad in Weimar, wo er bisher seine Kreise gedreht hatte. Langstreckenschwimmer gab es sehr wenige in der DDR und so hoffte man, in Paul endlich einen „Siegertyp" für kommende Olympiaden heranziehen zu können.

So schwamm er vor dem Frühstück schon seine ersten 1000Meter

–Vierzig Bahnen im 25Meter Becken-, dann Schule, Mittagessen, Ausdauertraining und am Spätnachmittag nochmal vierzig Bahnen, die nach und nach auf sechzig und dann achtzig gesteigert wurden. Der Trainer war beeindruckt von der Kraft und dem Willen seines „Neuen".

Beeindruckt war auch ein junges Mädchen. Monika Hellmann. Sie war Sprinterin. Fünfzig und Hundert Meter und amtierende Jugendmeisterin. Sie war nun vierzehn und ihre Hormone begannen ihr Spiel mit ihr zu spielen. Sie verliebte sich in den „tollen Jungen" mit den kräftigen Schultern und den „süßen" braunen Augen.

Es gab Feste und regelmäßige Jugenddiskos im Schulungsraum und Paul landete planmäßig in Monikas Fängen. Es dauerte ein halbes Jahr, dann gingen sie, als Monikas Zimmerpartnerin zu Besuch bei ihren Eltern war, miteinander ins Bett und lernten sich auch auf „diese" Weise kennen und für Monika war klar, dass Paul ihr Mann werden würde, was vielleicht ein bisschen naiv , selbst für eine erst vierzehnjährige ist.   Monika gewann in diesem Jahr fast jedes Rennen, für das sie gemeldet war und dann… war sie weg.

Paul war verzweifelt und niemand sagte ihm ein Wort, bis dann Hermann, der übers Wochenende zuhause gewesen war damit herausplatzte, er habe Monika im Fernsehen gesehen… Im Westfernsehen, das seine Eltern in Rostock empfangen konnten. Ihre Eltern waren mit ihr in einer riskanten Nacht und Nebelaktion, über die berichtet wurde, geflüchtet.

Für Paul brach eine Welt zusammen. Er selbst war stolz darauf in der DDR, die ihm all dies hier ermöglichte, zu leben. Mit seinen nunmehr sechzehn hatte er alles durchlaufen, was es gab. Sozialistischen Kinderkarten, Junge Pioniere… alles hatte ihm Spaß gemacht.

Nun hatte der Klassenfeind Monika in seinen Klauen! Sein Trainer spürte seinen Schmerz und verstand es, seinen Ehrgeiz damit noch weiter anzustacheln.

Sein erster großer Wettkampf kam im Winter. 3000Meter und der Favorit kam aus Polen. Kurz vor dem Start, als Paul nach dem „Warmschwimmen" aus dem Becken stieg, gab ihm sein Trainer drei rote Pillen. „Schluck die jetzt", sagte er und Paul tat es.

Die Wirkung trat ein, als Paul gerade dachte, er würde einbrechen. Er war zu schnell gestartet und es war ihm gelungen an dem Polen dran zu bleiben. Dann wirkten die Pillen und er ging über seine Leistungsgrenze hinaus. Er hörte den Polen neben sich schnaufen, dann nicht mehr, weil er vorbei gezogen war.

Dopingtest gab es bei Ostblock-internen Wettkämpfen nicht und die Polen protestierten auch nicht. Es wäre ein Eigentor geworden, denn ihr Mann dopte ebenfalls.

So ging es immer weiter für Paul. Wenn in den Sommerferien keine Wettkämpfe anstanden, betätigte er sich, sehr zur Freude seiner Lehrer, als Kinderbetreuer im Ferienlager am Achterwasser der Insel Usedom. Hier konnte Paul sich voll austoben. Besonders liebte er es, in der Dämmerung seine Kreise durch das leicht salzige Meerwasser zu ziehen. Abends, am Lagerfeuer spielte er Gitarre, was er sich quasi selbst beigebracht hatte und sang mit den Kindern, die ihn liebten, sozialistische und andere Lieder und er beschloss, später selbst einmal Trainer zu werden.

Monika hatte sich schnell an ihre neue Umgebung gewöhnt. Ihre Eltern hatten sie ja ziemlich überraschend nach Hamburg verpflanzt, aber es gefiel ihr von Anfang an. In der ersten Zeit musste sie oft an Paul denken und schrieb Briefe, aber es kam nie eine Antwort, was nicht verwunderlich war. Er erhielt sie nicht. Eingezogen vom Sekretariat des Internats.

Eines Tages kam Besuch. Ein Funktionär des Deutschen Schwimmverbandes der Bundesrepublik, denn man hatte sehr schnell mitbekommen, was für ein Talent hier zugereist war. Diesmal gab es kein Internat für Monika, aber einen persönlichen Trainer und Schwimmzeiten in der riesigen Schwimmhalle - der Schwimmoper - in der Innenstadt. Bald gehörte sie auch hier zum Kreis der Besten und konnte sich Hoffnung auf finanzielle Förderung und Olympia machen.

Sie feierten beide ihre Erfolge. Jeder in seiner Sparte und lasen davon in den Sportseiten ihrer jeweiligen Zeitungen. Paul im „Neuen Deutschland", wenn denen einmal bei der Berichterstattung der Name Monika Hellmann durch die Zensur gerutscht war, Monika im „Hamburger Abendblatt", in dem sie sogar mal ein Foto Pauls entdeckte. Da hatte er gerade die Silbermedaille bei einem Event in Stockholm gewonnen. Monika hatte eine ganze Reihe Affären und Liebhaber, hatte aber nicht wirklich Zeit dafür, denn sie nahm ihr Training sehr ernst. Paul hatte eine längere Beziehung mit einer älteren Frau, aber die spielte nur mit ihm…

Die Jahre vergingen. Für Olympia hatte es letztlich für beide nicht gereicht. Monika wäre ums Haar 1972 in München gestartet, wurde aber kurz davor krank und konnte ihre Form nicht rechtzeitig wieder erlangen. Paul hatte eine langwierige Muskelentzündung in der Schulter und konnte danach nur schwer wieder an seine früheren Erfolge anknüpfen. Aber dann…

1975 war so ein Jahr dazwischen. Keine Weltmeisterschaft, keine olympischen Spiele, nur große Wettkämpfe auf Länderebene. Paul, der inzwischen nebenher seinen Wehrdienst absolviert hatte, wurde nominiert. Nach Ungarn. Internationales Schwimmfest. Der ganze Kader reiste per Bus an und nahm Unterkunft im Hotel „Favorit".

Monika Hellmanns Karriere näherte sich nun ihrem Höhepunkt. Mit 21 ist man in den Sprintdisziplinen schon fast „Schwimm-Oma"…   Sie hatte das Glück, dass die beiden vor ihr platzierten in der Rangliste des DSV aus dem einen oder anderen Grund absagten und sie wollte es allen einmal zeigen. Das Team flog nach Budapest und nahm Unterkunft… im Hotel „Favorit". Das war so nicht vorgesehen, aber bei der Buchung im neuen „Hyatt" Hotel an der

Kettenbrücke hatte es eine Panne gegeben, für die sich die Ungarn gar nicht genug entschuldigen konnten.

Sie trafen sich beim Frühstück und Monika glitt ihr voll beladenes Tablett, samt Spieleiern und Fruchtsaft aus der Hand... Paul starrte sie nur an, aber ihrer beider Herzen schlugen bis zum Hals.

„Paul", sagte sie matt, aber sein Trainer zog ihn mit sich. „Keine privaten Kontakte mit den Westdeutschen, Genosse", ermahnte er Paul. Er war natürlich nebenbei Stasi-Mann und würde nicht dulden, dass gegen die Vorschriften verstoßen wurde.

Sie trafen sich natürlich trotzdem, denn die Liebe zum Sozialismus ist das eine, die zu einer Frau aber etwas ganz anderes. Es waren nur kurze Momente, die sie sich sorgfältig erarbeiteten und dann hatten sie sogar einen berauschend schönen Nachmittag in ihrem Einzelzimmer. Erst ziemlich zum Ende der Wettkämpfe –Paul hatte nur den dritten Platz hinter dem starken Kanadier und dem immer noch aktiven Polen belegt – bekam der Trainer Wind von der Angelegenheit. Aus Angst, Paul könne womöglich Republikflucht begehen wegen dieser Hellmann, wurde er vorzeitig in eine Interflug-Tupolew verfrachtet und nach Ost-Berlin expediert.

Aber... zu spät. Paul und Monika hatten sich schon ewige Treue geschworen. Telefonnummern und Adressen ausgetauscht und einfache Codes vereinbart. Paul versprach ihr, zu ihr zu kommen und dann würden sie für immer zusammen sein.

Es war schwierig für Paul. Sein Trainer, der Stasi-Mann, ließ ihn nicht aus den Augen. Paul überlegte sich Plan nach Plan, musste aber alles verwerfen. Er hatte daran gedacht, nach Ungarn zu fahren. In Urlaub, aber sein Antrag wurde abgelehnt. Von dort hätte er relativ einfach nach Österreich gelangen können. Manchmal gelang es ihm von Bekannten aus ihre Nummer anzurufen und sie erzählte ihm von einem professionellen Fluchthelfer, den sie kontaktiert hatte. Aber es war viel zu teuer. Soviel Geld hatte sie nicht.

Die Idee kam ihm beim alljährlichen Ferienlager, an dem er immer noch teil nahm. Zwei Stunden schwamm er im unruhigen Achterwasser, in dem ein scharfer Wind kleine Wellen aufwarf und dann... Er brauchte ja nur tun, was er sowieso konnte...

In der Unterkunft lieh er sich von einem der Schüler, der als Strafmaßnahme für seine Fünf im Zeugnis täglich eine Stunde Erdkunde büffeln musste, dessen Atlas aus. Er maß die Entfernung zwischen Boltenhagen, -das war der westlichste Punkt an der Ostseeküste, den man ohne besondere Genehmigung besuchen durfte - und dem Schifffahrtsweg in Richtung Travemünde. Dort fuhren täglich viele westlich Schiffe und unzählige private Yachten entlang. Zehn Kilometer! Das dreifache seiner normalen Wettkampfentfernung, aber er konnte langsam schwimmen und Kraft sparen!

Auf der anderen Seite der Bucht lag Grömitz. Noch einmal sieben Kilometer mehr, aber auch das –zur Not – wohl machbar.

Er kalkulierte im Kopf die Zeit, die er brauchen würde. Rund fünf Stunden bis zum Schifffahrtsweg, noch einmal drei bis Grömitz… Nein, eher vier, denn dann wäre er bestimmt schon erschöpft.

Paul bereitete sich akribisch vor. Er versuchte an einen Neopren-Anzug zu kommen, wie ihn die Taucher benutzten, aber…vergeblich. Immerhin konnte er sich Schwimmflossen besorgen und eine Schwimmbrille. Eine große Dose Rindertalg würde den Neopren ersetzen müssen.

Zu seinen Eltern hatte er kein besonderes Verhältnis mehr. Erst das Internat, dann die Kaserne der NVA, nur wenige knappe Besuche in Weimar. Sie würden ihm nicht fehlen.

Der Trainer gab ihm weiterhin Aufputschmittel, denn Paul hatte ihm gesagt, dass er auf die ultralange 5000Meter Strecke trainieren wollte und das tat er. Er aß an Proteinen, was er bekommen konnte. Paul nahm die Pillen nicht mehr ein, sondern verwahrte sie unten in seinem Koffer. Zusammen mit Flossen und Brille.

„Trainer, ich fahr übers Wochenende nach Rostock" verabschiedete er sich an einem Freitag Mitte September. „Was machst du denn da?" fragte der Stasi-Mann und Paul grinste. „Hab da ne Frau kennen gelernt. Arbeitet auf der Werft." Daran fand der Trainer nichts auszusetzen. Nur gut, wenn Paul endlich über diese Westlerin hinweg käme...

Paul fuhr tatsächlich mit der Bahn nach Rostock, aber gleich weiter nach Boltenhagen. Dort angekommen musste er sich erst mal orientieren. Der Ort gefiel ihm. Alte, wenn auch ein wenig verfallene Villen, der gepflegte Kurpark mit der obligatorischen Musikmuschel, in der an diesem sonnigen Nachmittag eine Tanzkapelle spielte. Die vielen Menschen in Ferienlaune...

Er ging einfach in die Kurverwaltung und bat darum, seinen Koffer hier abstellen zu dürfen, während er eine Unterkunft suchte. „Das wird aber schwer Genosse. Wir sind voll ausgebucht", bemerkte die junge Frau hinter dem Tresen. „Wird schon klappen", antwortete Paul. Klappte aber nicht. Als es dämmerte, hatte er immer noch kein Zimmer. Er ging hinaus auf die Seebrücke und sah in der Ferne, dort wo Grömitz ungefähr liegen musste, einen hellen Lichtblitz, der regelmäßig wiederkam. Was er sah, war das Leuchtfeuer von Dahmeshöved zwischen Grömitz und Großenbrode, aber plötzlich schien ihm alles ganz einfach. Er würde sowieso nicht schlafen können so voller Adrenalin, wie er war. Er kalkulierte, dass er die Küstengewässer der DDR bei Tagesanbruch verlassen hatte, wenn er gegen Mitternacht, oder etwas später los schwamm. Aufgeregt holte er seinen Koffer ab und hatte Glück. Die junge Dame wollte gerade schließen. „Na, Glück gehabt mit der Zimmersuche?" fragte sie. „Wie? Oh ja ja. Danke", antwortete Paul.

Hinter der Musikmuschel versuchte er ein wenig Ruhe zu finden, aber dort waren, selbst zu dieser späten Stunde noch viele Spaziergänger unterwegs. Er fand ein Gebüsch, das nicht von Liebespaaren in Beschlag genommen war am Rand des Strandes. Ab und zu und zunehmend nervös vergewisserte er sich, dass die Lichtblitze noch zu sehen waren. Es war jetzt fast vollständig dunkel und er stellte erfreut fest, dass dem so war. Ob auch alles klappen würde? „Monika…", dachte er. „Ich komme!"

Nach und nach leerte sich der Strand. Wolken waren aufgezogen und ein feiner Nieselregen setzte ein, worüber sich Paul aber eher freute. So würde ihm auf den Teilstücken, die er in Rückenlage zurücklegen würde, erfrischendes Trinkwasser sozusagen automatisch in den Mund fallen. Er sah auf die Uhr. Halb zwölf. Eigentlich noch zu früh, aber der Nieselregen würde ihm zusätzlich Deckung verschaffen, hoffte er. Langsam legte er bis auf seine Badehose seine Kleidung ab und öffnete seinen Koffer. Er hatte ihn sorgfältig präpariert. Innen mit Kunstoffarbe ausgemalt, damit er wasserdicht war, was er in der Badewanne erprobt hatte. Nachdem er die Dose Rindertalg, die Flossen und die Brille entnommen hatte, lagen nur noch ein paar aufblasbare Kinderschwimmhilfen, die den Nichtschwimmern in Usedom um die Arme gelegt wurden, darin. Paul blies sie so fest er konnte auf. Unten im Koffer, in einem Plastikumschlag dessen Lasche er noch extra mit Klebstoff bestrichen hatte, waren seine Papiere und Examen und eine kleine Plastikflasche in einem Netz und Bändern daran.

Paul cremte sich dick mit dem stinkenden Rindertalg ein und schreckte auf… Da, nicht einmal zwanzig Meter entfernt schlenderte eine Doppelstreife Volkspolizisten den Strand entlang. Damit hatte er nicht gerechnet! Aber sie hatten ihn nicht bemerkt und Paul beendete, nun vorsichtiger, seine Vorbereitungen. Netz an den Arm binden, damit er schnell an die Pillen, die im Fläschchen steckten kam… Schwimmbrille aufsetzen und auf die Stirn schieben, Koffer, der wegen der nun aufgeblasenen Schwimmhilfen kaum zuging sorgfältig schließen und in die linke Hand, Flossen in die Rechte…

Langsam und nach allen Seiten sichernd schlich Paul die dreißig Meter bis zum Wasser. Das Herz schlug ihm bis zum Hals und erst als er bis auf den Kopf in der Ostsee war, wurde er ruhiger. Er musste kurz den Koffer los lassen, um die Flossen fest anzulegen und bekam Panik, als er ihn nicht sofort wiederfand. Da, da war er ja, aber in den wenigen Sekunden schon fünf Meter Richtung Strand getrieben.

Paul bekam Zweifel. War die Strömung so stark hier? Er musste gegenan… Und wenn er doch lieber etwas anderes versuchte?

Der Blitz des Dahmeshöveder Leuchtturms, hier von Wasserniveau aus schwer, aber dennoch sichtbar, ließ ihn seine Zweifel beenden. „Los jetzt!" spornte er sich an. Er nahm die Handgriffe, die er an den Schmalseiten des Schwimmkoffers befestigt hatte in die Hände und begann mit regelmäßigen kraftvollen Beinschlägen seine Reise in die Freiheit. Zu Monika, seiner großen Liebe.

Er wollte nicht denken, nicht an ein mögliches Scheitern denken, aber nach zwei Stunden, die er so routiniert abspulte wie immer, kamen solche Gedanken. Er hatte Angst, den Koffer loszulassen, was aber nötig wäre, um an die Pillen zu kommen und schaffte es nach vielen Verrenkungen das Fläschchen mit einer Hand an den Mund zu führen und den Verschluss mit den Zähnen zu öffnen. Dabei verlor er den Deckel und, sich bewusst, dass er keine weiteren Pillen mehr würde nehmen können, schluckte er fünf, so viele, wie nie zuvor. Mit offenem Mund sammelte er so viel Regenwasser auf, wie er konnte. Gönnte sich noch fünf Minuten und schwamm weiter. Beinschlag nach Beinschlag. Es war leichter jetzt. Die Pillen wirkten wie gewohnt, aber die Überdosis machte sich auf seinen Kreislauf bemerkbar. Herzstiche kamen und gingen. Graue Schleier vor den Augen... Paul verfluchte die Idee gleich fünf dieser Teufelsdinger geschluckt zu haben.

Weiter und weiter. Bei seiner nächsten Pause vernahm er ein Geräusch, als wenn ständig jemand mit einem Besen ins Wasser schlüge... und dann sah er ein riesiges hellerleuchtetes Fährschiff , dessen Schrauben das Geräusch verursachten nicht weit entfernt vorbeiziehen. Paul schrie und winkte, aber selbst wenn die gelangweilte Brückenwache der „Peter Pan" der TT-Linie in seine Richtung gesehen hätte... Sie hätten die winzige Erhebung in den Wellen nicht gesehen.

Trotzdem irgendwie ermutigt, schwamm Paul weiter. Es würden andere Schiffe kommen und wenn es hell war...

Die Morgendämmerung setzte ein, was aber nur zögerlich geschah, denn immer noch bedeckten graue Wolken den Himmel. Paul konnte das Leuchtfeuer nun nicht mehr sehen, aber die Küste war als grauer Schleier vor ihm.

Immer schlimmer wurden jetzt die Herzstiche und immer öfter musste er Pausen einlegen. Noch drei Schiffe passierten ihn. Eines vor ihm, aber zwei hinter ihm, was bedeutete, dass er sich bereits mitten in der Wasserstraße befinden musste.

Als er sich einmal umdrehte, sah er weit hinter sich die suchenden Scheinwerfer eines Bootes. Es war ein Boot der DDR Grenztruppen. Eine Posten hatte in Boltenhagen Pauls Kleidung gefunden, als er sich an eben dem Busch erleichtern wollte, der Paus Versteck gewesen war. Das Boot aus Wismar war sofort ausgelaufen, wenn auch zu spät.

Heiner Jakesch hatte früh am Morgen seine Yacht im Ancora-Hafen von Neustadt startklar gemacht. Er fluchte wegen des leichten Regens, aber… Half ja nichts. Er musste sie pünktlich bei dem Charterunternehmen auf Fehmarn abliefern. Seine Frau Inge machte Kaffee unter Deck und füllte ihn in eine Thermosflasche. Sie zogen die Kapuzen ihrer Öljacken über und los gings.

Paul konnte nicht mehr. Noch nie zuvor war er an diesen Punkt der Erschöpfung geraten. Alles schmerzte und er bekam Angst um sein Leben. Wer würde ihn vermissen? Seine Eltern? Sein Trainer? Erst nach dem Wochenende. Monika? Die wusste nicht, dass er unterwegs war. Niemand also. Niemand würde ihn suchen.

Er schloss die Augen und im letzten Moment bemerkte er, wie sich seine Hände, verkrampft nach der langen Zeit, von seinem treuen

Koffer lösten. Eine kleine Welle packte ihn und er drehte sich gerade noch rechtzeitig herum, um die Segelyacht wohl nur zwanzig Meter entfernt vorbeiziehen zu sehen. Er sah im Cockpit zwei Menschen, die Kaffeebecher in der Hand hielten und wollte rufen, aber es kam nur ein Krächzen aus seinem Hals und dann war die Yacht weg.

„War da nicht was?" fragte Inge ihren konzentriert steuernden Mann. „Was soll da gewesen sein", fragte Heiner. „Ein Geräusch, so ein RRRRK", antwortete sie. Heiner zuckte die Schultern. „Hab nix gehört. War vielleicht ne Möwe…". Sie wandten sich wieder ihrem Kaffee zu.

Paul war verzweifelt. Wenn die ihn gehört hätten… Er könnte jetzt schon hoch und trocken auf diesem Boot sitzen und Kaffee trinken. Kaffee… Mein Gott, was würde er jetzt nicht für einen heißen Kaffee geben!"

Irgendwie gab ihm der Gedanke an Kaffee neue Kraft und die wenigen Spaziergänger, die an diesem verregneten Tag mit Windjacke und Schirm zwischen Pelzerhaken und Neustadt unterwegs waren, bekamen den Schreck ihres Lebens, als da eine Gestalt aus dem Wasser torkelte, einen Koffer fallen ließ und selbst zusammenbrach. Eine Frau, die Krankenschwester in der Neustädter Klinik war, rannte zuerst hin. Dann andere. Der Mann aus dem Wasser lallte etwas, wurde aber dann ohnmächtig. Die Leute wiesen auf seine fahlweiße Haut, was aber nur vom Rindertalg her rührte. Ein junger Mann rannte zum nächsten Lokal, das einige Hundert Meter entfernt lag und alarmierte Polizei und Krankenwagen.

Paul wurde gerade noch so gerettet. Obwohl das Pillenfläschchen offen geblieben war und Wasser eingedrungen war, befand sich noch eine erkennbare Pille darin, die das Labor des Krankenhauses schnell ermittelte. Sein Kreislauf wurde stabilisiert und er bekam Infusionen, gegen seine Dehydrierung. Am zweiten Tag erwachte er aus der anhaltenden Ohnmacht und bekam seinen Kaffee, wenn auch den dünnen Krankenhauskaffee. Sein Koffer lag neben dem Bett und er bat die Krankenschwester, dieselbe, die Erste Hilfe geleistet hatte, seine Papiere herauszunehmen und Monika, deren Telefonnummer obenauf lag, anzurufen.

Sie kam noch am selben Nachmittag nach Neustadt und blieb bei ihm. Die Presse berichtete kurz über seine Flucht. Dann durchlief er die Einbürgerung und wurde, weil sein Studium nicht so recht anerkannt wurde, Schwimmtrainer und Bademeister in Hamburg, wo er mit Monika lebte, aber jedes Jahr im September fuhren sie an die Ostsee nach Pelzerhaken und gingen zu der Stelle, an der er angekommen war.

Ferne Zukunft

Vielleicht 3000 nach Christus

Die Menschheit ist ausgestorben.

Ein riesiges Raumschiff gerät außer Kontrolle und landet in der Lübecker Bucht.

Da, wo einst Scharbeutz lag...

Xi, der Android, der als einziger der Besatzung den Absturz übersteht, findet Erstaunliches heraus...

Xi

Xi ist nicht sein Name. Es gibt keine Namen. Es gibt keine Namen, weil es keine Verwaltung gibt. Nur Organisationseinheiten. Aber, der leichteren Verständlichkeit wegen, nenne ich ihn Xi. Hat jemand einen besseren Vorschlag? Nein? Dann bleibt es, soweit es die Geschichte angeht, bei Xi. Auch andere „Wesen" kommen vor. Sie erhalten Namen, aber sie haben keine. Soweit verstanden? Nein? Macht nichts…

Xi hatte es vermasselt! Wie es dazu kommen konnte? Irgendein Schaltkreis, ein unkalkulierbarer Sonnenwind… Die Automatik hatte das Raumschiff abgebremst. Von zehnfacher Lichtgeschwindigkeit auf etwas unter einer. Xis Aufgabe hätte darin bestanden, dass zu verhindern. Vielleicht hatte er irgendwo ein Energieleck? Hektisch überprüften seine Sinnesorgane – Es gab fünf rings um seinen runden, ja nennen wir es der Einfachheit halber Kopf - angebrachte Sensoraugen, seine Umgebung. Elektronisch gesteuert und von einer Weitsicht und Schärfe… Akustiksysteme am ganzen - nennen wir es der Einfachheit halber Körper… Manuelle und virtuelle Greifarme… Wir werden uns zu gegebener Zeit mit anderen Teilen seiner Physiognomie befassen. Das Raumschiff selbst war etwa fünfhundert Meter lang und bestand aus einer glänzenden kristallin anmutenden Legierung. Die besten Roboter der Sternenschiff-Werft hatten es zusammengefügt. Es war nicht schön, aber seiner Aufgabe entsprechend geformt. So etwas wie Schönheit und Ästhetik kam in Xis Welt nicht vor.

Was war geschehen? Xi und seine, aus rund vier Dutzend Einheiten bestehende Bordmannschaft waren vor… Jetzt müsste ich mir eigentlich einen Zeitrahmen, Benennungen für dies und jenes ausdenken… Wisst ihr was? Ich belasse es bei den uns, den Lesern, verständlichen Maßeinheiten, ok?

Also, vor rund sechs Monaten war das Schiff auf einem Planeten weit weit hinter unserem Sonnensystem gestartet, um Nachschub zu einer Außenstation mitten im Nirgendwo zu bringen. Das Raumschiff war ein Frachter. Xi hatte vor zwei Tagen die Wache übernommen. Sein Vorgänger, den oder die – da gab es keine Unterschiede – er abgelöst hatte, hatte sich in die Ruhezone begeben, seinen/ihren Kontakt eingestöpselt und war - energetisch tiefentladen - erstarrt, was solange anhalten würde, bis ein Computer die Reaktivierung einleiten würde. Ich sechs Reihen lagen Xis Kollegen in ihren Stellagen. Einer wie der andere, ohne Unterscheidungsmerkmale am Kunststoffkörper.

Xis hinterer Sensor fand einen Monitor, der den Fehler beschrieb. Ein Meteorit hatte wohl eine Steuerdüse beschädigt und das tausende Tonnen schwere Raumschiff aus der Bahn geworfen. Automatische

Krisenbewältigungs- Schaltkreise hatten es daraufhin abgebremst, um der Crew die Möglichkeit zu Reparaturen zu geben.

Xi hatte, warum auch immer, nicht sofort reagiert. Sie würden ihn sicher deaktivieren und einschmelzen. „Scheiße…", dachte er, oder was man so in dieser Lage in seiner Welt sagte. „Ich muss die Anderen wecken", dachte er, aber dann kam irgendetwas aus einer Ecke seines organischen Hirns in ihm hoch und er nahm den Manipulator, nennen wir ihn Hand, von dem entsprechenden Mechanismus. Vielleicht gelang es ihm, den Fehler allein zu beseitigen und dann… Das elektronische Logbuch hielt zwar alles, was passierte fest, aber WENN er es schaffte, würden sie möglicherweise von einer Dematerialisierung absehen.

Mittlerweile war das Schiff noch langsamer geworden, trieb mithin nur noch im Weltall. Xi öffnete eine Abdeckung und sah aus dem Fenster. Eine riesige gelbrote Sonne gab es da. Ein sehr großer staubgrauer Planet mit einem Ring aus Materie drum herum in beunruhigend naher Distanz…

Xi gab etwas Gas. Sie wissen schon… Natürlich kein Gas, aber er wollte beschleunigen. Nichts. Das Raumschiff reagierte nicht wie vorgesehen. Angesichts des nahen Planeten schwebte Xi zur Konsole, die die Notsysteme steuerten und zündete kurz einen Vortreiber. Das Schiff schwankte nun bedenklich, aber es bewegte sich. Ob er doch lieber die Anderen wecken sollte? Jetzt näherte das Schiff sich einem seltsamen bläulich schimmernden Himmelskörper. Nicht sehr groß, aber von einer eigenartigen Schönheit.

Die Annäherung geschah verdammt schnell und Xi aktivierte einen Bremser... Tausende von Stunden hatte er im Simulator verbracht und geglaubt, alle möglichen Schäden und Situationen im – Schlaf?, sowas kannte er nicht - zu beherrschen. Zwei Dutzend Warnsignale heulten und blinkten auf und dann stürzte das riesige Raumschiff, von der Schwerkraft der Erde gefangen, ab. Lange Flammenzungen der von der enormen Reibung entzündeten und komprimierten Atmosphäre leckten nun über das Fenster. Xi war nun nur noch ein Zuschauer. Es gab nichts, was er manuell tun konnte. Schlimmer noch, die vielen automatischen Systeme konnten scheinbar auch nichts mehr tun...

Xi dachte „Schade, nun werde ich doch dematerialisiert...“ Er wäre gern zurückgekehrt in die Heimatbasis, wo es so angenehme Unterhaltungszentren gab und wo all seine Sinne höchste Verzückung erhielten.

Achtzehn G bedeutet, dass ein Gegenstand von einer Tonne plötzlich achtzehn Tonnen wiegt, wenn eine entsprechende Beschleunigung...oder Abbremsung erfolgt und eben das trat ein, als das Raumschiff auf die Wasseroberfläche, und direkt darauf auf den

Meeresgrund prallte. Das meiste des Rumpfes ragte aus dem Wasser, das nur etwa vierzig Meter tief war an dieser Stelle.

Nun muss man sagen, der Rumpf und das allermeiste in ihm WAR für weit mehr als achtzehn G ausgelegt. Nicht einmal eine Verformung des Rumpfes trat ein… aber, eine Serviceklappe sprang auf und Wasser begann, das Schiff zu fluten.

Xis Sensoren blickten entsetzt auf das Wasser, das er zum ersten Mal sah. Er wusste aus seiner Programmierungszeit, dass es so ein Element gab, aber SO hatte er es sich nicht vorgestellt. Die Konstrukteure wohl auch nicht, denn nun fiel so ziemlich ALLES aus. Die Signale verstummten und die Lichter erloschen, als schieres irdisches Wasser die Systeme des galaktischen Wunderwerkes besiegten.

Langsam senkte sich das hochragende Heck und klatsche schließlich ins Wasser und die Flutwelle, die dabei entstand überflutete die entfernter liegende Küste. Der letzte Teil des Hecks schlug schwer auf den Strand und brach ab. Dabei begrub es eine ziemlich große aus von Vegetation überwucherte Betonstruktur unter sich, die zu Staub zerfiel.

Xi rannte nach hinten, immer vor der Flutwelle her, die sich ihren Weg durch das zerbrochene Raumschiff suchte und stand schließlich vor der

Abbruchkante des Hecks, die sich in die Trümmerteile der rätselhaften Struktur gegraben hatte. Fast wie auf einer Treppe konnte er auf die rund zwanzig Meter tiefer gelegene Erde gelangen, die noch feucht war von dem sich inzwischen zurückziehenden Wasser…

Xi sah sich um. Blau auf der Wasserseite, grün, so weit das Sensorauge reichte, auf der anderen…

Er sah sich das Heck seines Schiffes an. Unterhalb des Rumpfes gab es Ornamente auf den zerfallenen Betonquadern. Hätte er lesen können – er konnte natürlich lesen, aber nicht diese Hieroglyphen – hätte er das Wort „BAYSIDE" entziffern können. Relikte eines längst zerfallenen Hotels, das hier einmal den Strand von dem, was einmal Scharbeutz gewesen war, beherrscht hatte.

Xi schlurfte durch den, für ihn unangenehm weichen Sand bis zu dem höher gelegenen Land. Auch hier viele sich zersetzende Reste von Bauwerken und Straßen. Die Vegetation hatte sich fast alles zurückgeholt, aber eben noch nicht alles. Xi war schon einmal, während seiner Ausbildung auf einem Schulschiff, auf einem Planeten gewesen, der von seinen Bewohnern aufgegeben worden war. Dort hatte es ähnlich ausgesehen. Was mochte die früheren hiesigen Lebewesen bewogen haben fort zu gehen?

Xi war kein Philosoph, auch kein Historiker, nur ein nautischer Raumschifflenker – und kein Guter, wie man an dem Wrack hinter ihm ablesen konnte.

Xi kehrte nun, wo das Wasser gewichen war, an Bord zurück. Im hinteren Teil gab es viele unbeschädigte Abteile. Er überprüfte einige davon und stellte fest, dass er genügend Energiezellen für lange Zeit haben würde. Dann kam er zur Ruhezone, in der noch teilweise Wasser stand.

Xi drehte Schalter und versuchte den Notcomputer einzuschalten, um seine Kameraden zu aktivieren… Nichts. Nach einer Weile gab er es auf und gestand sich ein, dass er allein war… und bleiben würde. Niemand würde ihn hier suchen. Keine Ahnung, wie viele Lichtjahre abseits der Handelswege er sich befand.

Xi suchte sich einen Platz auf einer Düne und sah sich erst einmal um. Abgesehen vom Wrack des Raumschiffs gab es keine Strukturen neueren Ursprungs. Die grelle Sonne, an der er vorhin vorbeigerast war, beleuchtete die glitzernde Wasserfläche, die sich in der Mitte seines Blickfeldes in der Ferne verlor. Links und rechts war die Bucht von Landzungen eingefasst. Auf beiden Seiten in den Horizont übergehend. Wolken schoben sich über den Himmel und Xi musste dauernd die Intensität seines Sonnenschutzvisiers ändern, was Energie kostete und ihn ärgerte. Sowas gab es Zuhause nicht…

Xi überfiel eine Art Mutlosigkeit. Er beschloss, eine Ruhezeit einzulegen, um sich zu sammeln. Sorgfältig stellte er seinen Aktivator ein und drückte dann den Energiesparmodus-Knopf an seiner Brust. Die Sensoren wurden dunkel und Xi schlief.

Der Aktivator schickte, wie programmiert, seine Impulse durch Xis Schaltkreise. Der Selbstcheck seiner Sinnesorgane lief ab, während sein Hirn sich noch durch die Nebel des Erwachens kämpfte. Ein schriller Warnton beschleunigte diesen Vorgang. Graue, pelzige Tiere mit langen Schwänzen und spitzen Schnauzen umlagerten ihn und kletterten offenbar furchtlos auf seinen Gliedmaßen herum. Einer seiner Manipulatoren (Hand, sie erinnern sich) schlug zu und die Meute stob quickend davon. Xi besah sich die breiige rote Masse des zerquetschten Rattenkörpers an seiner Hand und wischte sie im Gras ab. Etwas, bisher nie gekanntes und für ihn beunruhigendes bemerkte er an sich. Ein dumpfer Schmerz im hinteren Bereich seines Kopfes.

Die Tiere waren verschwunden. Auch sie hatten beinahe ein Jahrtausend lang nicht erlebt, dass einer ihrer Artgenossen auf diese Weise zu Schaden gekommen war. Durch die gleiche rätselhafte Krankheit, an der die Menschheit ausgestorben war, waren auch alle anderen Säugetiere verschwunden. Nur die Ratten und ein paar andere Tierarten –Vögel und Fische zumeist – hatten seltsamerweise überlebt. Eine Zeitlang hatte es – nach Ausbruch der Epidemie – noch einige höher entwickelte Tiere und sogar Menschen gegeben. Auf abgelegenen Inseln im Pazifik zumeist… Sie hätten der Startpunkt einer neuen Population der Erde werden können, aber leider waren sie degeneriert und Technik-abhängig. Das ursprüngliche Leben ihrer Urväter hätte sie überleben lassen, aber das gelang nicht… Der letzte Mensch auf der Samoa Insel Apia starb an einem entzündeten Blinddarm.

Xi stand auf und beschloss einen Rundgang zu machen. Immer am Strand entlang umrundete er die Bucht. Das Wasser schlug in sanften Wellen über den Sand und Xi wunderte sich über die glasklare, ja nun seit Jahrhunderten nicht mehr verunreinigte Konsistenz dieses seltsamen Elements, dass aber immerhin sein Raumschiff wirkungsvoll zerstört hatte. Er tauchte zögernd eine Hand hinein. Fast kein Widerstand… Sein Analytik-Computer zeigte ihm die chemische Zusammensetzung auf dem Sichtfeld seines Helmes. Keine Gefahr… Immerhin, aber es war unangenehm kalt. Schnell zog er die Hand zurück und setzte seinen Weg fort.

Hier und dort lagen noch größere Steintrümmer. Eine Art Urwald hatte sich bis nahe ans Wasser geschoben. Ein Geräusch alarmierte ihn und dann stieg aus Bäumen ein Wesen empor, das laute Schreie ausstieß, während es mit langen Flügelschlägen aufstieg. Xi sah ihm nach bis es am Horizont verschwand.

Sein Kopfschmerz, der fast verschwunden gewesen war kehrte doppelt stark zurück. ER HATTE DERGLEICHEN SCHON EINMAL GESEHEN.... Diese Erkenntnis warf ihn schier um. Wo..., wann sollte das geschehen sein?

Sein Körper war vor nunmehr fast hundertfünfzig Jahren aus dauerhaften Materialien in der Fabrik zusammengefügt worden. Zuletzt war sein Gehirn – das Gehirn, das für ihn vorgesehen war – aus einer Nährlösung in den Kühlfächern des Instituts genommen, mit zusätzlichen Teilen anderer Hirne und durch Zugabe von Nukliiden und Mikrochips verfeinert und eingebaut worden. Die Verbindung hatten supersensible Mechanikroboter hergestellt und ein Vertreter der obersten Kommission hatte den abschließenden Funktionstest überwacht. Xi (Sie wissen doch noch... dies ist ein fiktiver Name) war für die Transportflotte programmiert worden. Die zusammen mit ihm hergestellte Xo (auch fiktiv und ebenso geschlechtsneutral wie XI... Ich nenne sie nur SIE, damit auch die weiblichen Leser auf ihre Kosten kommen) war irgendwo in der Logistik tätig. Er wusste das nicht und es interessierte ihn auch nicht.

Xi war ein Werkzeug seiner Herren. Lebewesen, die auf einem Planeten ganz ähnlich der Erde lebten und sich auf einem , für die ehemaligen Menschen, unvorstellbaren Level der Metaphyse befanden. Eine relativ kleine Clique höchstintelligenter Wesen auf einem Stern, den nie ein Astronom selbst des Weltraumteleskop Hubble gesehen hatte. Aber diese Wesen waren auf der Erde gewesen. Mit katastrophalen Folgen…

Xi drehte um. Weit voraus sah er das Wrack seines Raumschiffs. Unterwegs war ihm der Gedanke gekommen, ob er vielleicht den Floater, das Beiboot des Frachters reaktivieren konnte. Normalerweise für Landungen auf kleinen Außenposten und für Lieferungen dorthin bestimmt, hatte es gewisse abgeschirmte Bauteile, die dem merkwürdigen Wasser vielleicht standgehalten hatten. Wenn es ihm gelänge, die Anziehungskraft diese Planeten zu überwinden… Bis zum nächsten Handelsweg war es weit, aber er hatte ja genügend Energiezellen, um es schaffen zu können. Zumal er mit niemandem teilen musste.

Xi beschleunigte seine Schritte. Das Beiboot befand sich in einer Höhlung des Rumpfes nahe des zerbrochenen Hecks und Xi sah mit Erleichterung, dass dorthin das Wasser nicht gekommen war. Er begann zu arbeiten. Ein paar der Halterungen waren verbogen und es kostete ihn lange Zeit, in der Werkzeugkammer ein passendes Werkzeug zu finden, das nicht vollständig inaktiv war und sich mit Hilfe einer etwas angepassten Energiezelle benutzen ließ. Xi jubelte, als die Halterungen eine nach der anderen nachgaben. Beinahe hätte er ein paar der wirklich wichtigen Klammern zerstört. Dann wäre das Beiboot unrettbar ins Wasser neben dem Rumpf des Raumschiffs geklatscht...

Xi sah auf, als er bemerkte, dass es um ihn dunkler wurde. Auch das gab es Zuhause nicht. Eine stationäre Sonne stand immer über der „Stadt". Müdigkeit kannte er ja nicht. Eine neue Energiezelle einführen und es ging weiter. Xi tat es und sofort spürte er, analog zu der Anzeige in seinem Sichtgerät, dass er weitermachen konnte. Sechsmal kam und ging der Tag um ihn herum am Strand des ehemaligen Seebades Scharbeutz, dann meinte er, dass es vielleicht gelingen würde. Er ließ sich in den Sitz des Floaters gleiten und öffnete Ventile, betätigte Schalter und hoffte, und... seine Mühe wurde belohnt. Anzeigen erschienen auf Displays. Lichter leuchteten auf...

Xi sah, dass ein Dutzend oder mehr Warnlichter dabei waren. Ein paar durchaus kritisch. Risikoabwägung war nicht in seiner Programmierung enthalten gewesen. Effektivität kam zuerst.

Xi beschloss, aus keinem besonderen Grund, nur aus einem Gefühl heraus, noch einen Tag zu warten. Er schaltete alles wieder ab und setzte sich, wie Tage zuvor, auf eine Düne. Ein paar Ratten näherten sich hoffnungsvoll, aber eine von ihnen erkannte die tödliche Gefahr wieder und pfiff leise. Die Ratten verschwanden.

Xi streckte sich aus und schloss die Augen. Damit setzte er unwissentlich etwas in Gang…

Sein Gehirn, nun nicht mehr vorwiegend mit der Verarbeitung von Signalen beschäftigt, geriet in einen Trance und Traummodus. Holte sich vergrabene, von der Kommission ausgemerzt geglaubte Bilder ans Licht und Xi sah…

Viele Jahrhunderte zuvor war an ziemlich dieser Stelle ein Forschungsschiff der Kommission gelandet. Die Menschen waren in Aufruhr geraten. Nachdem alle Kommunikationsversuche gescheitert waren, hatten sie alles, was sie an Waffentechnik aufbieten konnten eingesetzt… Nichts, nicht einmal eine Beule entstand an dem fremden Raumschiff, das zwischen Haffkrug und Scharbeutz auf dem Strand lag. Es war viel kleiner als Xi Transporter und die Besatzung bestand gemischt aus solchen, wie Xi und Lebewesen, denen es allerdings in der Umgebungs-Athmosphäre nicht gut ging. So erledigten sie ihr Vorhaben und verschwanden so schnell, wie sie gekommen waren wieder in der Unendlichkeit. Aber was war das für ein Vorhaben?

Wie schon auf vielen anderen bewohnten Planeten waren diese Lebewesen an Land gegangen und die sie begleitenden Roboter hatten sehr schnell die aufgefahrenen Panzerfahrzeuge und die in ihnen kämpfenden Soldaten vernichtet, ebenso, wie sie die sich nähernden Kampfjets in ihren Energiestrahlen verdampfen ließen. Ein paar tausend Menschen aus Scharbeutz und den umliegenden Orten waren eingefangen worden und man hatte ihnen in einer kurzen brutalen Operation die Gehirne entfernt und diese in Container mit Nährlösung gepackt, denn eben diese Gehirne waren die Rohstoffe für Wesen, wie Xi…

Nachdem die Container gefüllt waren, bestiegen die Alliens, wie die Menschen sie nannten, ihr Raumschiff und starteten…

Das war ihr Vorhaben gewesen. Die Lebewesen freuten sich über die ziemlich hochwertige Beute und beschlossen, regelmäßig wieder zu kommen, um mehr Hirne zu ernten…, aber etwas war schief gelaufen. Einer der Lebewesen hatte eine Infektion gehabt und bei seinem Landgang eine Vire freigesetzt…

Trotz aller Bemühungen, trotz aller rastlosen und aufopfernden Arbeit aller Wissenschaftler und Institute der gesamten Welt gab es letztlich keine Rettung. Menschen und Tiere starben immer schneller und schneller. Vögel, Insekten, die Luft… alles verbreitete den Tod, der schließlich alles verschlang, alles , bis auf die Ratten und einige andere Rassen, die nun die Erde für sich hatten.

Die Natur gewann in Atem beraubenden Tempo die verlassene Erde zurück…

Auf dieser verlassenen Erde war nun Xi gestrandet. Sein Aktivator schaltete sich ein. Zeit zu gehen.

Xi sah sich noch einmal um. ICH WAR SCHON EINMAL HIER, dachte er. Und tatsächlich… sein Hirn, das Hirn, das sich in seinem Kopf befand, war Teil eines der Menschen gewesen, die hier ausgeschlachtet worden waren.

Xi verscheuchte den Gedanken, den ganzen „Traum", aus seinem Bewusstsein. An die Arbeit…

Es war letztlich reines Glück, dass ihm der Start gelang, dass er es bis zum Handelsweg schaffte und dass ihn ein Frachter aufnahm. Das Beiboot wurde an Bord genommen und verstaut. Xi musste seinen Kameraden viel erzählen. Schiffbrüche waren selten und noch seltener überlebte jemand.

Xi musste vor der Kommission aussagen. Es gab ein Verfahren, in dem die Richter entschieden, dass seine Unaufmerksamkeit zum Verlust des Raumschiffs geführt hatte. Seine Demateralisierung fand im Beisein einer großen Zuschauermenge in der Arena statt...

Das Beiboot war für unbrauchbar erklärt und auf einen Schrottplatz gebracht worden. Die Ratten, die sich während Xis Ruhepause hineingeschlichen hatten und sich während der Reise durch Kannibalismus am Leben gehalten hatten, schwärmten aus. Sie brachten den tödlichen Virus, verändert und angereichert durch ihre DNA, auf den Planeten zurück.

Die Lebewesen starben schnell, so schnell wie die Menschen der Erde gestorben waren und dann, als niemand mehr für Energiezellen sorgen konnte, was Aufgabe der Kommission gewesen war, schalteten sich die Roboter ab und Xo, die bis zuletzt in der großen Lagerhalle gearbeitet hatte, stützte, als ihre Energie zu Ende war, von einem Gestell. Ihr Kopf zerbrach und das Gehirn, welches seinerzeit in Scharbeutz erbeutet worden war, fiel heraus und diente zuletzt einigen Ratten, ebenfalls aus Scharbeutz, als letzte Nahrung, bevor sie sich gegenseitig auffraßen.

Hat es ihnen gefallen? Möchten sie mehr von mir lesen?

„Blutrache" BOD ISBN 9783738622980

„Kriminelles Strandgut" BOD ISBN 9783746093116

13 kurze Krimis von der Küste

„Schöne Schwester Tod" BOD ISBN 9783746082318

Ein Lübecker Bucht Krimi

„Madonnengrab" BOD ISBN 9783732281268

Ein Lübecker Bucht Krimi (Fortsetzung von Schöne Schwester Tod)

„Pedder Carstens – Kapitän des roten Adlers"
B O D BOD ISBN 9783837023756

Ein historischer Seefahrer-Roman

„Schiff ohne Heimat" BOD ISBN 9783842347922

Ein historischer Seefahrer-Roman

Fortsetzung von Pedder Carstens